U0720094

遼寧省圖書館藏陶湘舊藏閔凌刻本集成

蘇老泉文集·蘇文嗜·蘇文

遼寧省圖書館 編

2

中華書局

第二册目録

蘇老泉文集十二卷詩集一卷（卷九—卷十三）

（宋）蘇洵　撰
（明）茅坤　纂評
（明）凌濛初　輯

明凌濛初刻朱墨套印本

蘇老泉文集

卷九

書

上歐陽内翰第一書

上歐陽内翰第二書

上歐陽内翰第三書

上歐陽内翰第四書

上歐陽内翰第五書

遼寧省圖書館藏陶湘舊藏閔凌刻本集成

唐順之曰前段論兵驕後段論制驕當時有用文字

茅坤曰老泉厭當日兵法太弱故勸韓魏公以誅戮而行文似西漢雄宕可觀

蘇老泉文集卷九

書

上韓樞密書

太尉執事洵著書無他長及言兵事論古今形勢至自比賈誼所獻權書雖古人已往成敗之迹苟深曉其義施之於今無所不可昨因請見求進末議太尉許諾謹撰其說言語朴直非有驚世絕俗之談甚高難行之論太尉取其大綱

而無責其纖悉蓋古者非用兵決勝之爲難而
一篇大旨
養兵不用之可畏今夫水激之山放之海決之
喻起之易
爲溝塍壅之爲沼沚是天下之人能之委江河
注淮泗匯爲洪波潴爲大湖萬世而不溢者自
喻收之難
從來無人如此說
禹之後未之見也夫兵者聚天下不義之徒授
之以不仁之器而敎之以殺人之事夫惟天下
用兵決勝
之未安盜賊之未殄然後有以施其不義之心
用其不仁之器而試其殺人之事當是之時勇

陳仁錫曰似韓非商鞅

者無餘力智者無餘謀巧者無餘技故其不義之心變而爲忠不仁之器加之於不仁而殺人之事施之於當殺及夫天下既平盜賊既殄不義之徒聚而不散勇者有餘力則思以爲亂智者有餘謀則思以爲姦巧者有餘技則思以爲詐於是天下之患雜然出矣蓋虎豹終日而不殺則跳踉大吽以發其怒蝮蝎終日而不螫則噬齧草木以致其毒其理固然無足怪者昔者

養兵不用

茅坤曰應前江河一喻
陳仁錫曰千里

劉項奮臂於草莽之間秦楚無賴子弟千百爲
言天下未安
輩爭起而應者不可勝數轉鬭五六年天下厭
兵項籍死而高祖亦已老矣方是時分王諸將
言天下既平
改定律令與天下休息而韓信黥布之徒相繼
而起者七國高祖死於介胄之間而莫能止也
連延及於呂氏之禍訖孝文而後定是何起之
易而收之難也劉項之勢初若決河順流而下
誠有可喜及其崩潰四出放乎數百里之間其

一拳砥柱然後
歸過聖人接入
宋李騎龍手也

茅坤曰所云卷
兵不用之可畏

手而莫能救也嗚呼不有聖人何以善其後太
祖太宗躬環甲冑跋履險阻以斬刈四方之蓬
蒿用兵數十年謀臣猛將滿天下一旦卷甲而
休之傳四世而天下無變此何術也荊楚九江
之地不分於諸將而韓信黥布之徒無以啓其
心也雖然天下無變而兵久不用則其不義之
心蓄而無所發飽食優游求逞於良民觀其平
居無事出怨言以邀其上一日有急是非人得

陳仁錫曰時事一一如手指

千金不可使也往年詔天下繕完城池西川之事洵實親見凡郡縣之富民舉而籍其名得錢數百萬以爲酒食餽餉之費杵聲未絕城輒隨壞如此者數年而後定卒事官吏相賀卒徒相矜若戰勝凱旋而圖賞者比來京師遊阡陌間其曹往往偶語無所諱忌聞之土人方春時尤不忍聞蓋時五六月矣會京師憂大水鋤耰畚築列於兩河之壖縣官日費千萬傳呼勞問之

遼寧省圖書館藏
陶湘舊藏閔凌刻本集成

茅坤曰好名懼

聲不絕者數十里猶且睊睊狼顧莫肯效用且夫內之如京師之所聞外之如西川之所親見天下之勢今何如也御將者天子之事也御兵者將之職也天子者養尊而處優樹恩而收名與天下爲喜樂者也故其道不可以御兵人臣執法而不求情盡心而不求名出死力以捍社稷天下之心繫於一人而已不與焉故御兵者人臣之事不可以累天子也今之所患大臣好

謗國是通獘

陳仁錫曰戰守二字文字不困

名而懼謗好名則多樹私恩懼謗則執法不堅是以天下之兵豪縱至此而莫之或制也頃者狄公在樞府號爲寬厚愛人狎昵士卒得其歡心而太尉適承其後彼狄公者知御外之術而不知治內之道此邊將材也古者兵在外愛將軍而忘天子在內愛天子而忘將軍愛將軍所以戰愛天子所以守狄公以其御外之心而施諸其內太尉不反其道而何以爲治或者以爲

遼寧省圖書館藏
陶湘舊藏閔凌刻本集成

仁錫曰此意行于專闈臨〻之日不可行于極筦執國之時

兵久驕不治一旦繩以法恐因以生亂昔者郭子儀去河南李光弼實代之將至之日張用濟斬於轅門三軍股栗夫以臨淮之悍而代汾陽之長者三軍之士竦然如赤子之脫慈母之懷而立乎嚴師之側何亂之敢生且夫天子者天下之父母也將相者天下之師也師雖嚴赤子不以怨其父母將相雖厲天下不以咎其君其勢然也天子者可以生人殺人故天下望其生

坤曰議論從非等書來六無此意

陳仁錫曰結整

及其殺之也天下曰是天子殺之故天子不可以多殺人臣奉天子之法雖多殺天下無以歸怨此先王所以威懷天下之術也伏惟太尉思天下所以長久之道而無幸一時之名盡至公之心而無邮三軍之多言夫天子推深仁以結其心太尉厲威武以振其墮彼其思天子之深仁則畏而不至於怨思太尉之威武則愛而不至於驕君臣之體順而畏愛之道立非太尉吾

遼寧省圖書館藏
陶湘舊藏閔凌刻本集成

誰望耶。不宣。洵再拜。

遼寧省圖書館藏
陶湘舊藏閔凌刻本集成

茅坤曰老泉欲富公和處其下以就功名似疑富公於並相察貳閭洵不相能者

上富丞相書

相公閣下往年天子震怒出逐宰相選用舊臣堪付屬以天下者使在相府與天下更始而閣下之位實在第三方是之時天下咸喜相慶以爲閣下惟不爲宰相也故默默在此方今困而後起起而復爲宰相而又値乎此時也不爲而何爲且吾君之意待之如此其厚也不爲而何以副吾望故咸曰後有下令而異於他日者必

茅坤曰文忌方此奇致波屬

吾富公也朝夕而待之跂首而望之望望然而不獲見也戚戚然而疑嗚呼其弗獲聞也必其遠也進而及於京師亦無聞焉不敢以疑猶曰天下之人如此其衆也數十年之間如此其變也皆曰賢人焉或曰彼其中則有說也而天下之人則未始見也然而不能無憂蓋古之君子愛其人也則憂其無成且嘗聞之古之君子相是君也與是人也皆立於朝則使吾皆知其爲

以下始昌言之

遼寧省圖書館藏
陶湘舊藏閔凌刻本集成

人皆善者也而後無憂且一人之身而欲擅天下之事雖見信於當世而同列之人一言而疑之則事不可以成今夫政出於他人而不懼事不出於已而不忌是二者惟善人爲能然猶欲得其心焉若夫衆人政出於他人而懼其害已事不出於已而忌其成功是以有不平之心生夫或居於吾前或立於吾後而皆有不平之心焉則身危故君子之出處於其間也不使之不

焦竑曰君奭篇乃召公自以盛滿難居欲避權位周公反復告諭以留之而書序乃曰召公爲保周公爲師相成王爲左右召公不悅周公作君奭故史記謂召公疑周公當國踐祚老泉亦爲序文所誤

平於我也周公立於明堂以聽天下而召公惑何者天下固惑乎大者也召公猶未能信乎吾之此心也周公定天下誅管蔡告召公以其志以安其身以及於成王故凡安其身者以安乎周也召公之於周公管蔡之於周公是二者亦皆有不平之心焉以爲周之天下公將遂取之也周公誅其不平而不可告語者告其可以告語者而和其不平之心然則非其必不可以告

遼寧省圖書館藏
陶湘舊藏閔凌刻本集成

穆文熙曰頓而手之提挈而諛百人之興亂則又雷同老泉曰不以小忿害大事是容之非過者矣且其論周公曰誅其不可告語者真挽強手段不徒模稜也

語者則君子未始不欲和其心天下之人從仕而至於卿大夫宰相集處其上將有所爲何慮而不成不能忍其區區之小忠以成其不平之釁則害其大事是以君子忍其小忿以容其小過而杜其不平之心然後當大事而聽命焉且吾之小忿不足以易吾之大事也故寧小容焉使無芥蔕於其間古之君子與賢者並居而同樂故其責之也詳不幸而與不肖者偶不圖其

錢穀曰責備賢者老泉善言

大而治其細則闊遠於事情而無益於當世故
天下無事而後可與爭此不然則否昔者諸呂
用事陳平憂懼計無所出陸賈入見說之使交
歡周勃陳平用其策卒得絳侯北軍之助以滅
諸呂夫絳侯木强之人也非陳平致之而誰也
故賢人者致其不賢者非夫不賢者之能致賢
者也曩者陛下即位之初寇萊公爲相惟其側
有小人不能誅又不能與之無忿故終以斥去

切証

遼寧省圖書館藏
陶湘舊藏閔凌刻本集成

茅坤曰宋朝諸君子作遂之禍正坐不能忍老泉識得破

及范文正公在相府又欲以歲月盡治天下事失於急與不忍小忿故羣小人亦急逐之一去遂不復用以歿其身伏惟閤下以不世出之才立於天子之下百官之上此其深謀遠慮必有所處而天下之人猶未獲見洵西蜀之人也竊有志於今世願一見於堂上伏惟閤下深思之無忽

應起

遼寧省圖書館藏
陶湘舊藏閔凌刻本集成

茅坤曰令國家患冗吏之壅制進士之數甚非計畧用老泉說而精之于終

上文丞相書

昭文相公執事天下之事制之在始始不可制制之在末是以君子慎始而無後憂救之於其末而其始不爲無謀失諸其始而邀諸其終而天下無遺事是故古者之制其始也有百年之前而爲之者也蓋周公營乎東周數百年而待乎平王之東遷也然及其收天下之士而責其賢不肖之分則未嘗於其始焉而制其極蓋常

客

主

舉之於諸侯考之於太學引之於射宮而試之
弓矢如此其備矣然而管叔蔡叔文王之子而
武王周公之弟也生而與之居處習知其性之
所好惡與夫居之於太學而習之於射宮者宜
愈詳矣然其不肖之實卒不見於此時及其出
爲諸侯監國臨大事而不克自定然後敗露以
見其不肖之才且夫張弓而射之一不失容此
不肖者或能焉而聖人豈以爲此足以盡人之

才葢將爲此名以收天下之士而後觀其臨事而黜其不肖故曰始不可制制之在末於此有人求金於沙歛而揚之惟其揚之也精是以責金於揚而歛則無擇焉不然金與沙礫皆不録而已矣故欲求盡天下之賢俊莫若略其始欲求責實於天下之官莫若精其終今者天下之官自相府而至於一縣之丞尉其爲數實不可勝計然而大數已定餘吏濫於官籍大臣建議

錢穀曰大奸既任恐未易退歸權于御史轉運而又主之丞相是矣然亦須問丞相何如人

減任子削進士以求便天下竊觀古者之制畧於始而精於終使賢者易進而不肖者易犯夫易犯故易退易進故賢者衆衆賢進而不肖者易退夫何患官冗今也艱之於其始竊恐夫賢者之難進與夫不肖者之無以異也方今進退天下士大夫之權内則御史外則轉運而士大夫之間潔然而無過可任以爲吏者其實無幾且相公何不以意推之往年吳中復在犍爲一

遼寧省圖書館藏
陶湘舊藏閔凌刻本集成

月而發二吏中復去職而吏之以罪免者曠歲
無有也雖然此特洵之所見耳天下之大則又
可知矣國家法令甚嚴洵從蜀來見凡吏商者
皆不征非追胥調發皆得役天子之夫是以知
天下之吏犯法者甚衆從其犯而黜之十年之
後將分職之不給此其權在御史轉運而御史
轉運之權實在相公顧甚易爲也今四方之士
會於京師口語籍籍莫不爲此然皆莫肯一言

於其上誠以爲近於私我也洵西蜀之人方不見用於當世幸又不復以科舉爲意是以肆言於其間而可以無嫌伏惟相公慨然有憂天下之心征伐四國以安天子毅然立朝以威制天下名著功遂文武並濟此其享功業之重而居富貴之極於其平生之所望無復慊然者惟其獲天下之多士而與之皆樂乎此可以復動其志故遂以此告其左右惟相公亮之

遼寧省圖書館藏
陶湘舊藏閔凌刻本集成

小以求用其道天之所以與我者何如而我如此也其名曰褻天棄天我之罪也褻天亦我之罪也不棄不褻而人不我用不我用之罪也其名曰逆天然則棄天褻天者其責在我逆天者其責在人在我者吾將盡吾力之所能爲者以塞夫天之所以與我之意而求免乎天下後世之譏在人者吾何知焉吾求免夫一身之責之不暇而爲人憂乎哉孔子孟軻之不遇老於道

遼寧省圖書館藏
陶湘舊藏閔凌刻本集成

茅坤曰此文自于襄陽書中來而氣特雄

上田樞密書

一篇柱子

天之所以與我者夫豈偶然哉堯不得以與丹朱舜不得以與商均而瞽叟不得奪諸舜發於其心出於其言見於其事確乎其不可易也聖人不得以與人父不得奪諸其子於此見天之所以與我者不偶然也夫其所以與我者必有以用我也我知之不得行之不以告人天固用之我實置之其名曰棄天自卑以求幸其言自

唐順之曰氣宇開濶

塗而不倦不愠不作不沮者夫固知夫責之所在也衛靈魯哀齊宣梁惠之徒之不足相與以有爲也我亦知之矣抑將盡吾心焉耳吾心之不盡吾恐天下後世無以責夫衛靈魯哀齊宣梁惠之徒而彼亦將有以辭其責也然則孔子孟軻之目將不瞑於地下矣夫聖人賢人之用心也固如此如此而生如此而死如此而貧賤如此而富貴升而爲天沉而爲泉流而爲川止

而爲山彼不預吾事吾事畢矣竊怪夫後之賢者之不能自處其身也饑寒窮困之不勝而號於人嗚呼使吾誠死於饑寒窮困邪則天下後世之責將必有在彼其身之責不自任以爲憂而我取而加之吾身不已過乎今洵之不肖何敢以自列於聖賢然其心亦有所不甚自輕者何則天下之學者孰不欲一蹴而造聖人之域然及其不成也求一言之幾乎道而不可得也

遼寧省圖書館藏
陶湘舊藏閔凌刻本集成

王鏊曰若或起若或相正暗影大與意

千金之子可以貧人可以富人非天之所與雖以貧人富人之權求一言之幾乎道不可得也天子之宰相可以生人可以殺人非天之所與雖以生人殺人之權求一言之幾乎道不可得也今洵用力於聖人賢人之術亦已久矣其言語其文章雖不識其果可以有用於今而傳於後與否獨怪其得之之不勞方其致思於心也若或起之得之心而書之紙也若或相之夫豈

茅坤曰與歐內翰書說學文工夫甚難此却說甚易見老泉學力到處

錢穀曰窮困亂心則文淺狹世俗疎濶則文幾道解此者可與語文

無一言之幾乎道千金之子天子之宰相求而不得者一旦在已故其心得以自負或者天其亦有以與我也曩者見執事於益州當時之文淺狹可笑饑寒窮困亂其心而聲律記問又從而破壞其體不足觀也已數年來退居山野自分永棄於世俗日疎闊得以大肆其力於文章詩人之優柔騷人之精深孟韓之溫淳遷固之雄剛孫吳之簡切投之所嚮無不如意常以爲

遼寧省圖書館藏
陶湘舊藏閔凌刻本集成

董生得聖人之經其失也流而爲迂鼂錯得聖人之權其失也流而爲詐有二子之才而不流者其惟賈生乎惜乎今之世愚未見其人也作策二道曰審勢審敵作書十篇曰權書洵有山田一頃非凶歲可以無饑力耕而節用亦足以自老不肖之身不足惜而天之所與者不忍棄且不敢褻也執事之名滿天下天下之士用與不用在執事故敢以所謂策二道權書十篇者

爲獻平生之文遠不可多致有洪範論史論七篇近以獻內翰歐陽公度執事與之朝夕相從而議天下之事則斯文也其亦庶乎得陳於前矣若夫其言之可用與其身之可貴與否者執事事也執事責也於洵何有哉

唐順之曰本欲求知却說士當自重便不放倒架子

應其責在人

遼寧省圖書館藏陶湘舊藏閔凌刻本集成

茅坤曰氣多奇杰處

穆文熙曰大力負趁令人志澹想其十年閒所見到此

上余青州書

洵聞之楚人高令尹子文之行曰三以爲令尹而不喜三奪其令尹而不怒其爲令尹也楚人爲之喜而其去令尹也楚人爲之怒已不期爲令尹而令尹自至夫令尹子文豈獨惡夫富貴哉知其不可以求得而安其自得是以喜怒不及其心而人爲之嚚嚚嗟夫豈亦不足以見已大而人小邪脫然爲棄於人而不知棄之爲悲

引古立案

跳宕自一斷

茅坤曰雖頌余公實以自許

紛然爲取於人而不知取之爲樂人自爲棄我取我而吾之所以爲我者如一則亦不足以高視天下而竊笑矣哉昔者明公之初自奮於南海之濵而爲天下之名卿當其盛時激昂慷慨論得失定可否左摩西羌右揣契丹奉使千里彈壓强捍不屈之虜其辯如决河流而東注諸海名聲四溢於中原而滂薄於戎狄之國可謂至盛矣及至中廢而爲海濵之匹夫蓋其間十

遼寧省圖書館藏
陶湘舊藏閔凌刻本集成

有餘年明公無求於人而人亦無求於明公者其後適會南蠻縱横放肆充斥萬里而莫之或救明公乃起於民伍之中折尺箠而笞之不旋踵而南方又安夫明公豈有求而爲之哉適會事變以成大功功成而爵祿至明公之於進退之事蓋亦綽綽乎有餘裕矣悲夫世俗之人紛紛於富貴之間而不知自止達者安於逸樂而習爲高岸之節顧視四海饑寒窮困之士莫不

穆文熙曰期余公以不驕期已以不諂

嚬蹙嘔噦而不樂窮者藜藿不飽布褐不暖習爲貧賤之所摧折仰望貴人之輝光則爲之顛倒而失措此二人者皆不可與語於輕富貴而安貧賤何者彼不知貧富貴賤之正味也夫惟天下之習於富貴之榮而狃於貧賤之辱者而後可與語此今夫天下之所以奔走於富貴者我知之矣而不敢以告人也富貴之極止於天子之相而天子之相果誰爲之名豈天爲之名

遼寧省圖書館藏 陶湘舊藏閔凌刻本集成

焦竑曰不第曰安其自得而曰有德有才老泉扶持可想非徒驗諸岩穴已者

邪其無乃亦人之自相名邪夫天下之官上自三公至於卿大夫而下至於士此四人者皆人之所自爲也而人亦自貴之天下以爲此四者絕羣離類特立於天下而不可幾近則不亦大惑矣哉盍亦反其本而思之夫此四名者其初蓋出於天下之人出其私意以自相號呼者而已矣夫此四名者果出於人之私意所以自相號呼也則夫世之所謂賢人君子者亦何以異

唐順之曰以文
青州入議以文
青州結議

此有才者爲賢人而有德者爲君子此二名者
夫豈輕也哉而今世之士得爲君子者一爲世
之所棄則以爲不若一命士之貴而況以與三
公爭哉且夫明公昔者之伏於南海與夫今者
之爲東諸侯也君子豈有間於其間而明公亦
豈有以自輕而自重哉洵以爲明公之習於富
貴之榮而狃於貧賤之辱其嘗之也蓋以多矣
是以極言至此而無所迂曲洵西蜀之匹夫嘗

遼寧省圖書館藏
陶湘舊藏閔凌刻本集成

有志於當世，因循不遇，遂至於老。然其嘗所欲見者，天下之士，蓋有五六人，五六人者已略見矣。而獨明公之未嘗見，每以爲恨。今明公來朝，而洵適在此，是以不得不見。伏惟加察，幸甚。

遼寧省圖書館藏
陶湘舊藏閔凌刻本集成

茅坤曰一段敘諸君子之離合見己望慕之切一段稱歐陽公之文見已知公之深三段自敘功力欲歐陽公之知己

上歐陽内翰第一書

内翰執事洵布衣窮居嘗切有歎以爲天下之人不能皆賢不能皆不肖故賢人君子之處於世合必離離必合往者天子方有意於治而范公在相府富公爲樞密副使執事與余公蔡公爲諫官尹公馳騁上下用力於兵革之地方是之時天下之人毛髮絲粟之才紛紛然而起合而爲一而洵也自度其愚魯無用之身不足以

言合

唐順之曰忽入議論作波瀾

自奮於其間退而養其心幸其道之將成而可以復見於當世之賢人君子不幸道未成而范公西富公北執事與余公蔡公分散四出而尹公亦失勢奔走於小官洵時在京師親見其事忽忽仰天歎息以爲斯人之去而道雖成不復足以爲榮也既復自思念往者衆君子之進於朝其始也必有善人焉推之今也亦必有小人焉間之今之世無復有善人也則已矣如其不

遼寧省圖書館藏
陶湘舊藏閔凌刻本集成

然也吾何憂焉姑養其心使其道大有成而待
之何傷退而處十年雖未敢自謂其道有成矣
然浩浩乎其胸中若與曩者異而余公適亦有
成功於南方執事與蔡公復相繼登於朝富公
復自外入爲宰相其勢將復合爲一喜且自賀
以爲道既已粗成而果將有以發之也既又反
而思其嚮之所慕望愛悅之而不得見之者蓋
有六人今將往見之矣而六人者已有范公尹

言復合

焦竑曰諸賢合則欣〻離則戚〻老泉臭味如此使得栖跂建壁可想

公二人亡焉則又爲之潸然出涕以悲嗚呼二人者不可復見矣而所恃以慰此心者猶有四人也則又以自解思其止於四人也則又汲汲欲一識其面以發其心之所欲言而富公又爲天子之宰相遠方寒士未可遽以言通於其前余公蔡公遠者又在萬里外獨執事在朝廷間而其位差不甚貴可以叫呼扳援而聞之以言而饑寒衰老之病又痼而留之使不克自至於

遼寧省圖書館藏
陶湘舊藏閔凌刻本集成

茅坤曰：擊前震說一番舒卷得趣

茅坤曰：評三子文章直如寫生

執事之庭。夫以慕望愛悦其人之心，十年而不得見，而其人已死，如范公、尹公二人者，則四人之中，非其勢不可遽以言通者，何可以不能自往而遽已也。執事之文章，天下之人莫不知之，然竊自以爲洵之知之特深，愈於天下之人。何者？孟子之文，語約而意盡，不爲巉刻斬絶之言，而其鋒不可犯。韓子之文，如長江大河，渾浩流轉，魚黿蛟龍，萬怪惶惑，而抑遏蔽掩，不使自露，而人望見其淵然之光蒼然之色亦自畏避不敢迫視執事之文紆餘委備往復百折而條達踈暢無所間斷氣盡語極急言竭論而容與閒易無艱難勞苦之態此三者皆斷然自爲一家之文也惟李翱之文其味黯然而長其光油然而幽俯仰揖讓有執事之態陸贄之文遣言措意切近的當有執事之實而執事之才又自有過人者蓋執事之文非孟子韓子之文而歐陽

遼寧省圖書館藏
陶湘舊藏閔凌刻本集成

子之文也夫樂道人之善而不爲諂者以其人誠足以當之也彼不知者則以爲譽人以求其悦己也夫譽人以求其悦己洵亦不爲也而其所以道執事光明盛大之德而不自知止者亦欲執事之知其知我也雖然執事之名滿於天下雖不見其文而固已知有歐陽子矣而洵也不幸墮在草野泥塗之中而其知道之心又近而粗成而欲徒手奉咫尺之書自托於執事將

穆文熙曰高適五十始作詩爲少陵所推老泉二十五歲始讀書爲歐陽所許功深力到無蚤晚也東坡詩云下士晚聞道聊以拙自脩文公每以引後學

焦竑曰兀然端誦嘗作何想此眞讀書者晋書

使執事何從而知之何從而信之哉洵少年不學生二十五歲始知讀書從士君子遊年既已晚而又不遂刻意厲行以古人自期而視與己同列者皆不勝己則遂以爲可矣其後困益甚然後取古人之文而讀之始覺其出言用意與己大異時復内顧自思其才則又似夫不遂止於是而已者由是盡燒曩時所爲文數百篇取論語孟子韓子及其他聖人賢人之文而兀然

戛戛乎陳言之是去訬

遼寧省圖書館藏
陶湘舊藏閔凌刻本集成

謂淵明讀書不求甚解而楊用脩以爲世俗之見不曉淵明

穆文熙曰文家妙處至不能自制渾渾乎未之易則極矣南華所云天籟

端坐終日以讀之者七八年方其始也入其中而惶然博觀於其外而駭然以驚及其久也讀之益精而其胸中豁然以明若人之言固當然者然猶未敢自出其言也時既久胸中之言日益多不能自制試出而書之已而再三讀之渾渾乎覺其來之易矣然猶未敢以爲是也近所爲洪範論史論凡七篇執事觀其如何嘻區區而自言不知者又將以爲自譽以求人之知已

也惟執事思其十年之心如是之不偶然也而
察之

遼寧省圖書館藏
陶湘舊藏閔凌刻本集成

茅坤曰文有起伏頓挫而其自任卓然

上歐陽内翰第二書

内翰諫議執事士之能以其姓名聞乎天下後世者夫豈偶然哉以今觀之乃可以見生而同鄉學而同道以某問某蓋有曰吾不聞者焉而況乎天下之廣後世之遠雖欲求髣髴豈易得哉古之以一能稱以一善書者愚未嘗敢忽也今夫群群焉而生逐逐焉而死者更千萬人不稱不書也彼之以一能稱以一善書者皆有以

唐順之曰敘次不板然以荀楊埒孔孟論人得其概否

過乎千萬人者也自孔子沒百有餘年而孟子生孟子之後數十年而至荀卿子荀卿子後乃稍闊遠二百餘年而楊雄稱於世楊雄之死不得其繼千有餘年而後屬之韓愈氏韓愈氏沒三百年矣不知天下之將誰與也且以一能稱以一善書者皆不可忽則其多稱而屢書者其爲人宜尤可貴重柰何數千年之間四人而無加此其人宜何如也天下病無斯人天下而有

自任

唐順之曰望歐陽待之不啻

斯人也宜何以待之洵一窮布衣於今世最爲無用思以一能稱以一善書而不可得者也况夫四子者之文章誠不敢冀其萬一頃者張益州見其文以爲似司馬子長洵不悅辭焉夫以布衣而王公大人稱其文似司馬遷不悅而辭無乃爲不近人情誠恐天下之人不信且懼張公之不能副其言重爲世俗笑耳若執事天下所就而折衷者也不知其不肖稱之曰子之六

錢穀曰前後照應生致

經論荀卿子之文也平生爲文求於千萬人中使其姓名髣髴於後世而不可得今也一旦而得齒於四人者之中天下烏有是哉意者其失於斯言也執事於文稱師魯於詩稱子美聖俞未聞其有此言也意者其戲也惟其愚而不顧日書其所爲文惟執事之求而致之既而屢請而屢辭焉曰吾未暇讀也退而處不敢復見甚慙於朋友曰信矣其戲也雖然天下不知其爲

遼寧省圖書館藏
陶湘舊藏閔凌刻本集成

戲將有以議執事洵亦且得罪執事憐其平生之心苟以爲可教亦足以慰其哀老唯無曰苟卿云者幸甚

遼寧省圖書館藏
陶湘舊藏閔凌刻本集成

錢穀曰以道德相友交情第一

與歐陽內翰第三書

洵啓昨出京倉惶遂不得一别去後數日始知悔恨蓋一時間變出不意遂擾亂如此怏悵怏悵不審日來尊履何似二子軾轍竟不免丁憂今已到家月餘幸且存活洵道途奔波老病侵陵成一翁矣自思平生羇蹇不遇年近五十始識閣下傾蓋晤語便若平生非徒欲援之於貧賤之中乃與切磨論議共爲不朽之計而事未

及戍輒聞此變孟軻有云行或使之止或尼之豈信然邪洵離家時無壯子弟守舍歸來屋廬倒壞籬落破漏如逃亡人家今且謝絶過從杜門不出亦稍稍取舊書讀之時有所懷輒欲就閣下評議忽驚相去已四千里思欲跂首望見君子之門庭不可得也所示范公碑文議及申公事節最爲深厚近試以語人果無有曉者每念及此鬱鬱不樂閣下雖賢俊滿門足以笑歌

遼寧省圖書館藏
陶湘舊藏閔凌刻本集成

焦竑曰獨對心如晤千載歎滿座誠難〻〻

俯仰終日不悶然至於不言而心相諭者閣下於誰取之自蜀至秦山行一月自秦至京師又沙行數千里非有名利之所驅與凡事之不得已者孰爲來哉洵老矣恐不能復東閣下當時賜音問以慰孤耿病中無聊深愧疎略惟千萬珍重

上歐陽內翰第四書

洵啓夏熱伏惟提舉內翰尊候萬福嚮爲京兆尹天下謂公當由此得政其後聞有此授或以爲拂世戾俗過在於不肯鹵莽然此豈足爲公損益哉洵久不奉書非敢有懈以爲用公之奏而得召恐有私謝之嫌今者洵旣不行而朝廷又欲必致之恐聽者不察以爲匹夫而要君命苟以爲高而求名亦且得罪於門下是故略陳

錢穀曰老泉欲超格簡拔然後道行自負不小

其一二以曉左右聞之孟軻曰仕不爲貧而有時乎爲貧洵之所爲欲仕者爲貧乎實未至於饑寒而不擇以爲行道乎道固不在我且朝廷將何以待之今人之所謂富貴高顯而近於君可以行道者莫若兩制然猶以爲不得爲宰相有所牽制於其上而不得行其志爲宰相者又以爲時不可爲而我將有所待若洵又可以行道責之邪始公進其文自丙申之秋至戊戌之

遼寧省圖書館藏陶湘舊藏閔凌刻本集成

機文照曰吐哺握髮風斯邈矣廣才考士等篇所以作歟

今凡七百餘日而得召朝廷之事其節目期限如此之繁且久也使洵今日治行數月而至京師旅食於都市以待命而數月間得試於所謂舍人院者然後使諸公專考其文亦一二年幸而以爲不謬可以及等而奏之從中下相府相與擬議又須年載間而後可以庶幾有望於一官如此洵固以老而不能爲矣人皆曰求仕將以行道若此者果足以行道乎既不足以行道

而又不至於爲貧是二者皆無名焉是故其來
遲遲而未甚樂也王命且再下洵若固辭必將
以爲沽名而有所希望今歲之秋軾轍已服闋
亦不可不與之俱東恐内翰怪其久而不來是
以略陳其意拜見尚遠唯千萬爲國自重

茅坤曰風旨翛然

上歐陽內翰第五書

內翰侍郎執事洵以無用之才久爲天下之棄民行年五十未嘗見役於世執事獨以爲可收而論之於天子再召之試而洵亦再辭獨執事之意丁寧而不肯已朝廷雖知其不肖不足以辱士大夫之列而重違執事之意譬之巫醫卜祝特捐一官以乞之自顧無分毫之功有益於世而王命至門不知辭讓不畏簡書朋友之譏

穆文熙曰重相知不重榮寵

而苟以爲榮此所以深愧於執事久而不至于門也然君子之相從本非以求利蓋亦樂乎天下之不知其心而或者之深知之也執事之於洵未識其面也見其文而知其心旣見也聞其言而信其平生洵不以身之進退出處之間有謁於執事而執事亦不以稱譽薦拔之故有德於洵再召而辭也執事不以爲矯而知其恥於自求一命而受也執事不以爲貪而知其不欲

遼寧省圖書館藏
陶湘舊藏閔凌刻本集成

唐順之曰雄鳳詞、、

爲異其去不追而其來不拒其大不榮而其小不辱此洵之所以自信於心者而執事舉知之故凡區區而至門者爲是謝也禮曰仕而未有祿者君有餽焉曰獻使焉曰寡君違而君薨弗爲服也古之君子重以其身臣人者蓋爲是也哉子思孟軻之徒至於是國國君使人餽之其詞曰寡君使某有獻於從者布衣之尊而至於此惟不食其祿也今洵已有名於吏部執事其

集註曰先儒云孟子太山巖巖之氣吾于老泉亦然

將以道取之邪則洵也猶得以賓客見不然其將與奔走之吏同趨於下風此洵所以深自憐也唯所裁擇

蘇老泉文集

卷十

書

上韓昭文論山陵書
與梅聖俞書
答雷太簡書
與楊節推書
與吳殿院書
謝趙司諫書

遼寧省圖書館藏
陶湘舊藏閔凌刻本集成

茅坤曰運崄峭之思爲鎮壓之論其鋒鍔不可觸遏

蘇老泉文集卷十

書

上王長安書

首段激忿

判府左丞閣下天下無事天子甚尊公卿甚貴士甚賤從士而逆數之至於天子其積也甚厚其爲變也甚難是故天子之尊至於不可指而士之卑至於可殺嗚呼見其安而不見其危如此而已矣衛懿公之死非其無人也以鶴辭而

唐順之曰太峻

不與戰也方其未敗也天下之士望爲其鶴而
不可得也及其敗也思以千乘之國與匹夫共
之而不可得也人知其卒之至於如此則天子
之尊可以慄慄於上而士之卑可以肆志於下
又焉敢以勢言哉故夫士之貴賤其勢在天子
天子之存亡其權在士世衰道喪天下之士學
之不明持之不堅於是始以天子存亡之權下
而就一匹夫貴賤之勢甚矣夫天下之惑也持

遼寧省圖書館藏
陶湘舊藏閔凌刻本集成

茅坤曰歸劉薦士上陰諷王長安

姜寶曰韓文公上于襄陽書云莫爲之前美而不彰莫爲之後盛而不傳與邢鳳相書云布衣雖甚賤而不諂王公雖甚貴而

千金之璧以易一瓦缶幾何其不舉而棄諸溝也古之君子其道相爲徒其徒相爲用故一夫不用乎此則天下之士相率而去之使夫上之人有失天下士之憂而後有失一士之懼今之君子幸其徒之不用以苟容其身故其始也輕用之而其終也亦輕去之嗚呼其亦何便於此也當今之世非有賢公卿不能振其前非有賢士不能奮其後洵從蜀來明日將至長安見明

不驕此書從此變化而引崔一段尤奇

公而東伏惟讀其書而察其心以輕重其禮幸甚幸甚

與前篇實說奇主意全

遼寧省圖書館藏
陶湘舊藏閔凌刻本集成

上張侍郎第一書

侍郎執事明公之知洵洵知之明公知之他人亦知之洵之所以獲知於明公明公之所以知洵者雖暴之天下皆可以無愧今也將有所私告於執事今將以屑屑之私壞敗其至公之節欲恐而不言而不能欲言而不果勃然交於胸中心不寧而顏忸怩者累月而後决竊見古之君子知其人也憂其人以至於其父母昆弟妻

穆文熙曰老泉談文推孟韓其

子以至於其親族朋友憂之固其責也雖然自我求之則君子譏焉知之而不憂不憂而求人憂則君子交譏之洵之意以爲寧在我而無寧在明公故用此决其意而發其言以私告於下執事明公試一聽之洵有二子軾轍齠齓授經不知他習進趨拜跪儀狀甚野而獨於文字中有可觀者始學聲律既成以爲不足盡力於其間讀孟韓文一見以爲可作引筆書紙日數千

遼寧省圖書館藏
陶湘舊藏閔凌刻本集成

庭訓亦然

集評曰：安石柄國，進取何如沉淪。

言。全然溢出若有所相。年少狂勇，未嘗更變，以爲天子之爵祿可以攫取。聞京師多賢士大夫，欲往從之游。因以舉進士，洵今年幾五十，以嬾鈍廢於世，誓將絶進取之意。惟此二子不忍使之復爲湮淪棄置之人。今年三月，將與之如京師。一門之中行者三人，而居者尚十數口。爲行者計，則害居者；爲居者計，則不能行。恓恓焉無所告訴。夫以負販之夫，左提妻，右挈子，奮身而

焦竑曰慷慨

焦竑曰羅前知
字復字爲東

往尚不可禦有明公以爲主公焉往而不濟今也望數千里之外茫然如梯天而航海蓄縮而不進洵亦羞見朋友明公居齊桓晉文之位惟其不知洵惟其知而不憂則又何説不然何求而不克輕之於鴻毛重之於泰山高之於九天遠之於萬里明公一言天下誰議將使軾轍求進於下風明公引而察之有一不如所言願賜誅絕以懲欺罔之罪

遼寧省圖書館藏
陶湘舊藏閔凌刻本集成

茅坤曰告知已者之前情詞可溯
姜寶曰彷彿文公代張籍與李浙東書

上張侍郎第二書

省主侍郎執事洵始至京師時平生親舊往往在此不見者蓋十年矣惜其老而無成問所以來者旣而皆曰子欲有求無事他人須張益州來乃濟且云公不惜數千里走表爲子求官苟歸立便殿上與天子相唯諾顧不肯邪退自思公之所與我者蓋不爲淺所不可知者唯其力不足而勢不便不然公於我無愛也聞之古人

茅坤曰描畫有情

力足之勢便

激切

日中必彗操刀必割當此時也天子虛席而待公其言宜無不聽用洵也與公有如此之舊適在京師且未甚老而猶足以有爲也此時而無成亦足以見他人之無足求而他日之無及也已昨聞車馬至此有日西出百餘里迎見雪後苦風晨至鄭州唇黑面烈僮僕無人色從逆旅主人得束薪緼火良久乃能以見出鄭州十里許有導騎從東來驚愕下馬立道周云宋端明

茅坤曰冷語相激不說出有求來

且至從者數百人足聲如雷已過乃敢上馬徐去私自傷至此伏惟明公所謂潔廉而有文可以比漢之司馬子長者蓋窮困如此豈不爲之動心而待其多言邪

含蘊無盡

茅坤曰老蘇繇谿項如此與前篇詞旨不全

上韓舍人書

舍人執事方今天下雖號無事而政化未清獄訟未衰息賦斂日重府庫空竭而大者又有二虜之不臣天子震怒大臣憂恐自兩制以上宜皆苦心焦思日夜思念求所以解吾君之憂者洵自惟閑人於國家無絲毫之責得以優游終歲咏歌先王之道以自樂時或作爲文章亦不求人知以爲天下方事事而王公大人豈暇見

有心世故之談

穆文熙曰言見以求治正欲待以不次意幾策等書真可自信者

我哉是以踰年在京師而其平生所願見如君侯者未嘗一至其門有來告洵以所欲見之意洵不敢不見然不知君侯見之何也天子求治如此之急君侯爲兩制大臣豈欲見一閑布衣與之論閑事邪此洵所以不敢遽見也自閑居十年人事荒廢漸不喜承迎將逢拜伏拳跽王公大人苟能無以此求之使得從容坐隅時出其所學或亦有足觀者今君侯辱先求之此其

遼寧省圖書館藏陶湘舊藏閔凌刻本集成

必有所畏乎世俗者矣孟子曰段干木踰垣而避之泄栁閉門而不納是皆已甚迫斯可以見矣嗚呼吾豈斯人之徒歟欲見我而見之不欲見而徐去之何傷况如君侯平生所願見者又何辭焉不宣

上韓丞相書

洵年老無聊家產破壞欲從相公乞一官職非敢望如朝廷所以待賢俊使之志得道行者但差勝於今粗可以養生遺老者耳去歲蒙朝廷授洵試校書郎亦非敢少之也使朝廷過聽而洵僥倖不過得一京官終不能如漢唐之際所以待處士者則京官之與試銜又何足分多少於其間而必爲彼不爲此邪然其所以區區無

想頗在此

錢穀曰祿以養廉貧仕亦可然乘田委吏無此去取

厭復有求於相公者實以家貧無貲得六七千錢誠不足以贍養又況忍窮耐老望而未可得邪凡人爲官稍可以紓意快志者至京朝官始有其髣髴耳自此以下者皆勞觔苦骨摧折精神爲人所役使去僕隸無幾也然天下之士所以求之如不及得之而喜者彼誠少年將有所忍於此以待至於紓意快志者也若洵者計其年豈足以有待邪今且守選數年然後得窺尚

道破人情

錢穀曰盡力一轉方是爲貧亦爲道

書省門又待闕歲餘而到任幸而得免於負犯廢放又守選又待闕如此十四五年謹守以滿七八考又幸而有舉主五六人然後敢望於改官當此之時洵蓋七十矣譬如豫章橘柚非老人所種也洵久爲布衣無官長拘轄自覺筋骨踈強不堪爲州縣趨走拜伏小吏相公若別除一官而幸與之願得盡力就使無補亦必不至於恣睢漫漶以傷害王民也今朝廷糊名以取

錢穀曰老泉實有所恃故栩栩自尊

人保任以得官苟應格者雖屠沽不得不與何者雖欲愛惜而無由也今洵幸爲諸公所知似不甚淺而相公尤爲有意至於一官則反覆遲疑不決者累歲嗟夫豈天下之官以洵故冗邪洵少時自處不甚卑以爲遇時得位當不鹵莽及長知取士之難遂絕意於功名而自托於學術實亦有得而足恃自去歲以來始復讀易作易傳百餘篇此書若成則自有易以來未始有

遼寧省圖書館藏陶湘舊藏閔凌刻本集成

也今也亦不甚戀戀於一官如必無可推致之理亦幸明告之無使其首鼠不決欲去而遲遲也世人施恩則望報苟有以相慱則叩之也易今洵已潦倒有二子又皆抗拙如洵相公豈能施此不報之恩邪相公往時爲洵言欲爲歐陽公言子者數矣而見輒忘之以爲怪洵誠懼其或有意欲收之也而復忘之故恐恥而一言不宣洵再拜

遼寧省圖書館藏
陶湘舊藏閔凌刻本集成

茅坤曰論葬礼透甚當與劉向昌陵疏参看

上韓昭文論山陵書

四月二十三日將仕郎守霸州文安縣主簿禮院編纂蘇洵惶恐再拜上書昭文相公執事洵本布衣書生才無所長相公不察而辱收之使與百執事之末平居思所以仰報盛德而不獲其所今者先帝新棄萬國天子始親政事當海內傾耳側目之秋而相公實爲社稷柱石莫先之臣有百世不磨之功伏惟相公將何以處之

隹鋐曰一說先
帝恭儉之誠次
說百姓目前之
憂此猶是世情
中語未引先王
之禮言之確然
道法合看見老

古者天子即位天下之政必有所不及安席而
先行之者葢漢昭即位休息百役與天下更始
故具爲天子曾未逾月而恩澤下布於海内竊
惟當今之事天下之所謂最急而天子之所宜
先行者輒敢以告於左右竊見先帝以儉德臨
天下在位四十餘年而宮室遊觀無所增加幃
簿器皿弊陋而不易天下稱頌以爲文景之所
不若今一旦奄棄臣下而有司迺欲以末世葬

遼寧省圖書館藏
陶湘舊藏閔凌刻本集成

泉論事周到

錢穀曰禮不敢不及亦不敢過薄字可啻

送無益之費侵削先帝休息長養之民掇取厚葬之名而遺之以累其盛明故洵以爲當今之議莫若薄葬竊聞頃者癸酉赦書旣出郡縣無以賞兵例皆貸錢於民民之有錢者皆莫肯自輸於是有威之以刀劔驅之以笞箠爲國結怨僅而得之者小民無知不知與國同憂方且狠顧而不寧而山陵一切配率之科又以復下計今不過秋冬之間海內必將騷然有不自聊賴

之人竊惟先帝平昔之所以愛惜百姓者如此其深而其所以檢身節儉者如此其至也推其平生之心而計其旣没之意則其不欲以山陵重困天下亦已明矣而臣下乃獨爲此過當逾禮之費以拂戾其平生之意竊所不取也且使今府庫之中財用有餘一物不取於民盡公力而爲之以稱遂臣子不忍之心猶且獲譏於聖人況夫空虛無有一金以上非取於民則不獲

應起儉德意

應起貸錢

遼寧省圖書館藏
陶湘舊藏閔凌刻本集成

茅坤曰以一禮壓群議

而目行不顧以徇近世失中之禮亦已惑矣然議者必將以爲古者君子不以天下儉其親以天下之大而不足於先帝之葬於人情有所不順洵亦以爲不然使今儉葬而用墨子之說則是過也不廢先王之禮而去近世無益之費是不過矣子思曰三日而殯凡附於身者必誠必信勿之有悔焉耳矣三月而葬凡附於棺者必誠必信勿之有悔焉耳矣古之人所由以盡其

茅坤下三轉責成韓公

誠信者不敢有畧也而外是者則略之昔者華
元厚葬其君君子以爲不臣漢文葬於霸陵木
不改列藏無金玉天下以爲聖明而後世安於
太山故曰莫若建薄葬之議上以遂先帝恭儉
總收法老
之誠下以紓百姓目前之患内以解華元不臣
之譏而萬世之後以固山陵不拔之安洵竊觀
古者厚葬之由未有非其時君之不達欲以金
玉厚其親於地下而其臣下不能禁止僶俛而

遼寧省圖書館藏
陶湘舊藏閔凌刻本集成

從之者未有如今日之事太后至明天子至聖而有司信近世之禮而遂爲之者是可深惜也且夫相公既已立不世之功矣而何愛一時之勞而無所建明洵恐世之清議將有任其責者如曰詔敕已行制度已定雖知不便而不可復改則此又過矣蓋唐太宗之葬高祖也欲爲九丈之墳而用漢氏長陵之制百事務從豐厚及羣臣建議以爲不可於是改從光武之陵高不

過六丈而每事儉約夫君子之爲政與其坐視百姓之艱難而重改令之非孰若改令以救百姓之急不勝區區之心敢輒以告惟恕其狂易之誅幸甚幸甚不宣洵惶恐再拜

焦竑曰老泉任蹊定是雷厲風行

遼寧省圖書館藏
陶湘舊藏閔凌刻本集成

陳繼儒曰：無事可以却病，或以泉石膏肓爲無事，事正多，一無事之事，寧獨慕籊之多事也。

穆文熙曰：諸艱歷試，古亦有之，末世試以筆墨，真贋奚判。

與梅聖俞書

聖俞足下：揆間忽復歲晚。昨九月中嘗發書，計已達左右。洵閒居經歲，益知無事之樂，舊病漸復散去。獨恨淪廢山林，不得聖俞、永叔相與談笑，深以嗟惋。自離京師，行已二年，不意朝廷尚未見遺，以其不肖之文猶有可者，前月承本州發遣赴闕就試。聖俞自思，僕豈欲試者，惟其平生不能區區附合有司之尺度，是以至此窮困。

錢穀曰銷多少英氣然月旦果平何妨屈膝

錢穀曰百試之亦止三書中見解耳将信之否

今乃以五十衰病之身奔走萬里以就試不亦爲山林之士所輕笑哉自思少年嘗舉茂才中夜起坐褁飯攜餅待曉東華門外逐隊而入屈膝就席俯首據案其後每思至此即爲寒心今齒日益老尚安能使達官貴人復弄其文墨以窮其所不知邪且以永叔之言與夫三書之所云皆世之所見今千里召僕而試之蓋其心尚有所未信此尤不可苟進以求其榮利也昨適

有病遂以此辭。然恐無以荅朝廷之恩。因爲上
皇帝書一通以進。蓋以自解其不至之罪而已。
不知聖俞當見之否。冬寒。千萬加愛。

姜寶曰待買之意可以免誚北山

答雷太簡書

太簡足下前月辱書承諭朝廷將有召命且敎以東行應詔旋屬郡有符亦以此見遣承命自笑恐不足以當遂以病辭不果行討太簡亦已知之僕已老矣固非求仕者亦非固求不仕者自以閒居田野之中魚稻蔬筍之資足以養生自樂俯仰世俗之間竊觀當世之太平其文章議論亦可以自足於一世何苦乃以衰病之身

錢穀曰不肯就試之意洗發委婉

委曲以就有司之權衡以自取輕笑哉然此可爲太簡道不可與流俗入言也嚮者權書衡論幾策皆僕閒居之所爲其間雖多言今世之事亦不自求出之於世乃歐陽永叔以爲可進而進之苟朝廷以爲其言之可信則何所事試苟不信其平居之所云而其一日倉卒之言又何足信邪恐復不信秪以爲笑久居閒處終歲孛孛無事昨爲州郡所發遣徒益不樂爾楊旻至今

遼寧省圖書館藏陶湘舊藏閔凌刻本集成

未歸。未得所惠書。歲晚。京師寒甚。惟多愛。

與楊節推書

洵白節推足下往者見託以先丈之埋銘示之以程生之行狀洵於子之先君耳目未嘗相接未嘗輒交談笑之歡夫古之人所爲誌夫其人者知其平生而閔其不幸以死悲其後世之無聞此銘之所爲作也然而不幸而不知其爲人而有人焉告之以其可銘之實則亦不得不銘此則銘亦可以信行狀而作者也今余不幸而

錢穀曰說行狀不可信是老蘇愛人以德處

不獲知子之先君所恃以作銘者正在其行狀耳而狀又不可信嗟夫難哉然余傷夫人子之惜其先君無聞於後以請於我我既已許之而又拒之則無以卹乎其心是以不敢遂已而卒銘其墓凡子之所欲使子之先君不朽者茲亦足以不負子矣謹錄以進如左然又恐子不信行狀之不可用也故又具列于後凡行狀之所云皆虛浮不實之事是以不備論論其可指之

迹行狀曰公有子美琳公之死由哭美琳而慟以卒夫子夏哭子止於喪明而曾子譏之而況以殺其身此何可言哉余不愛夫吾言恐其傷子先君之風行狀曰公戒諸子無如鄉人父母在而出分夫子之鄉人誰非子之兄與子之舅甥者而余何恐言之而況不至於皆然則余又何敢言之此銘之所以不取於行狀者有以也子其無以爲怪洵白

遼寧省圖書館藏
陶湘舊藏閔凌刻本集成

穆文熙曰一死一生乃見交情想志氣卓然處遂成金蘭

與吳殿院書

洵啓京師會遇殊未及從容屬家有變故蒼遽西走遂不得奉別怏悵不可勝言也嚮每見君侯談笑輒盡歡而在京師逾年相見至少誠恐憲官職重是以不敢數數自通然亦老嬾不出之故及今相去數千里求復一見不可得也曩嘗議及故友史流骨肉淪落荆楚間慨然太息有收卹之心沆有兄經臣者雖卧病而志氣卓

然以豪傑稱鄉里使得攝尺寸之柄當不鹵莽常以爲流死而有經臣者在或萬一能有所雪今不幸亦亦已死矣追思流平生孤直不遇而經臣亦以剛見廢又皆以無後死當其生時舉世莫不讐疾惟君侯一人獨爲哀閔而數年間兄弟相繼淪喪使仁人之心不克少施嗚呼豈其命之窮薄至於此邪經臣死家無一人後事所囑辦於朋友今其家遺孤骨肉存者獨流有弱

遼寧省圖書館藏
陶湘舊藏閔凌刻本集成

女在襄州耳君侯尚可以庇之使無失所否阻
遠未能一一伏惟裁悉不宣洵白

遼寧省圖書館藏
陶湘舊藏閔凌刻本集成

謝趙司諫書

洵啓嚮家居眉陽以病嬾不獲問從者常以爲閣下之所在聲之所振德之所加士以千里爲近而洵獨不能走二百里一至於門縱不獲罪固以爲君子之棄人矣今年秋始見太守竇君京師乃知閣下過聽猥以鄙陋上塞明詔不知閣下何取於洵也洵固無取然私獨嘉以爲可辭於世者其不以馳騖得明矣洵不識閣下然

穆文熙曰識者觀此亦當燭貴者恥門可張羅舉世相胥以下一矣老泉真是皎

仰聞君子之風常以私告於朋友特恨其身之不肖不得交於當世以徧致閤下之美所告者皆饑寒自謀不暇之人雖告而無益然猶以素不相識之故得免於希勢苟附之嫌是其不識賢於識也今世之所尚相見則以數至門爲勤不相見則以數至書爲忠夫數至門者虛禮無用數至書者虛詞無觀得其無用與其無觀而加喜不得而怒此與嬰兒之好惡無異今閤下

遼寧省圖書館藏
陶湘舊藏閔凌刻本集成

舉人而取於不相識之中則其去世俗遠矣寓居雍丘無故不至京師詹望君子日以復日頃者朝廷猥以試校書郎見授洵不能以老身復爲州縣之吏然所以授者嫌若有所過望耳以閤下知我故言及此無怪

遼寧省圖書館藏
陶湘舊藏閔凌刻本集成

蘇老泉文集

卷十一

譜

蘇氏族譜亭記

遼寧省圖書館藏
陶湘舊藏閔凌刻本集成

穆文熙曰得敦睦遺意

蘇老泉文集卷十一

譜

譜例

古者諸侯世國卿大夫世家死者有廟生者有宗以相次也是以百世而不相忘此非獨賢士大夫尊祖而貴宗蓋其昭穆存乎其廟遷毀之主存乎其太祖之室其族人相與爲服死喪嫁娶相告而不絕則其勢將自至於不忘也自秦

漢以來仕者不世然其賢人君子猶能識其先
人或至百世而不絶無廟無宗而祖宗不忘宗
族不散其勢宜忘而獨存則由有譜之力也蓋
自唐衰譜牒廢絶士大夫不講而世人不載於
是乎由賤而貴者恥言其先由貧而富者不録
其祖而譜遂大廢昔者洵嘗自先子之言而咨
考焉由今而上得五世由五世而上得一世一
世之上失其世次而其本出於趙郡蘇氏以爲

遼寧省圖書館藏
陶湘舊藏閔凌刻本集成

儲文懿曰歐蘇相知不專在文章

蘇氏族譜它日歐陽公見而歎曰吾嘗爲之矣出而觀之有異法焉曰是不可使獨吾二人爲之將天下舉不可無也洵於是又爲大宗譜法以盡譜之變而并載歐陽氏之譜以爲譜例附以歐陽公題劉氏碑後之文以告當世之君子盖將有從焉者

遼寧省圖書館藏
陶湘舊藏閔凌刻本集成

茅坤曰議論簡嚴情事曲折氣格自穀梁來

霍韜曰譜以族名公之也獨吾親之詳與尊爲文似不公老泉

蘇氏族譜

蘇氏之譜譜蘇氏之族也蘇氏出自高陽而蔓延于天下唐神龍初長史味道刺眉州卒于官一子留於眉眉之有蘇氏自是始而譜不及焉者親盡也親盡則曷爲不及譜爲親作也凡子得書而孫不得書何也以著代也自吾之父以至吾之高祖仕不仕娶某氏享年幾某日卒皆書而他不書何也詳吾之所自出也自吾之父

固曰譜吾作也詳與尊吾得專之不思數世後族有良焉而續吾譜彼亦得專之又誰禁之耶孰若公之可繼

穆文熙曰恭要辞叶棠棣老泉寧弟文士

以至吾之高祖皆曰諱某而他則遂名之何也尊吾之所自出也譜爲蘇氏作而獨吾之所自出得詳與尊何也譜吾作也嗚呼觀吾之譜者孝弟之心可以油然而生矣情見于親親見于服服始於衰而至於緦麻而至於無服無服則親盡親盡則情盡情盡則喜不慶憂不吊喜不慶憂不吊則塗人也吾之所以相視如塗人者其初兄弟也兄弟其初一人之身也悲夫一人

遼寧省圖書館藏
陶湘舊藏閔凌刻本集成

穆文熙曰陶淵明詩云同源分流人易世疎慨然寤歎念兹厥初與老泉此引均堪俯仰

之身分而至於塗人此吾譜之所以作也其意曰分而至於塗人者勢也勢吾無如之何也已幸其未至於塗人也使之無至於忽忘焉可也嗚呼觀吾之譜者孝弟之心可以油然而生矣

系之以詩曰

吾父之子今爲吾兄吾疾在身兄呻不寧數世之後不知何人彼死而生不爲戚欣兄弟之親如足于手其能幾何彼不相能彼獨何心

遼寧省圖書館藏
陶湘舊藏閔凌刻本集成

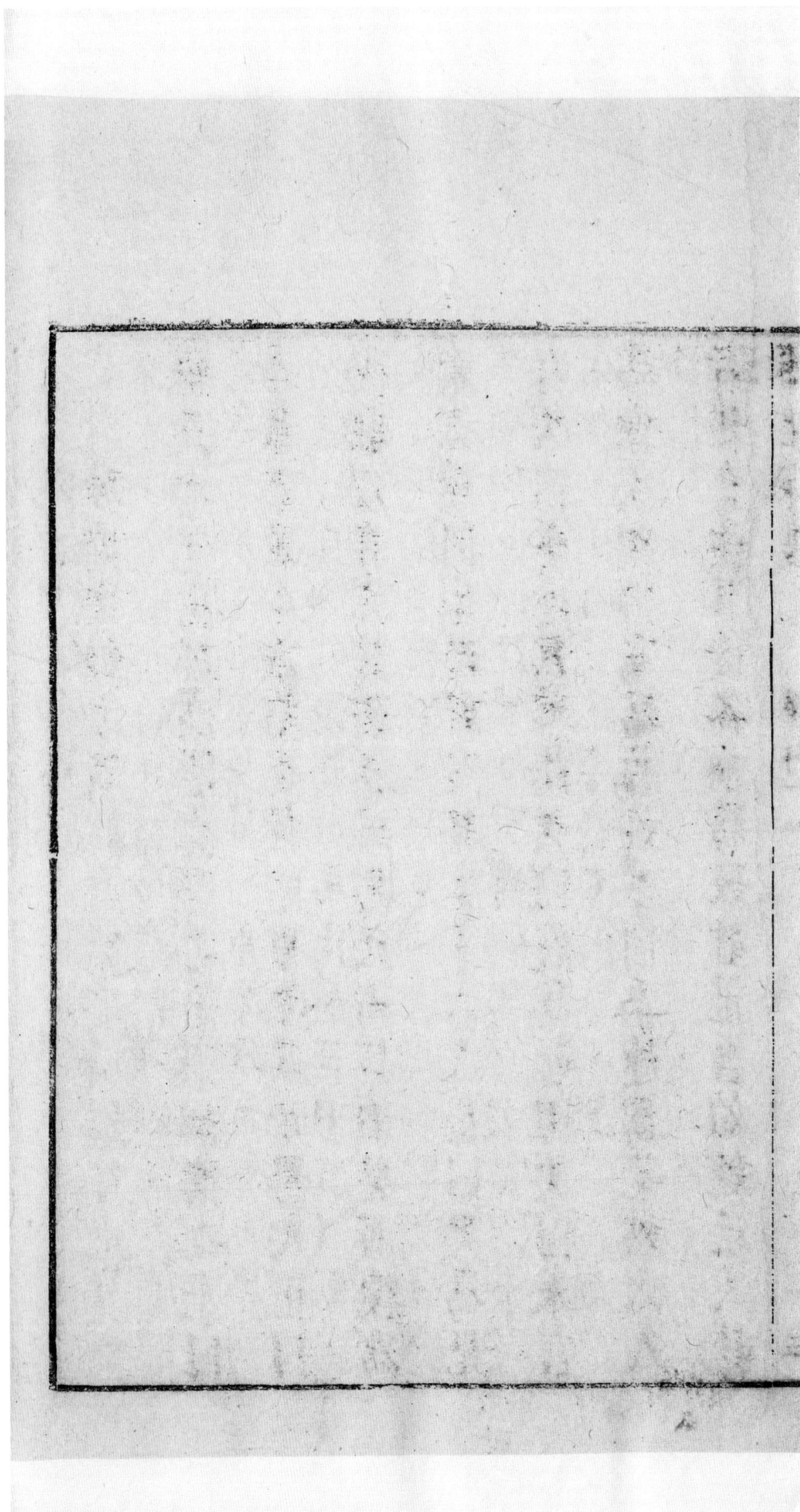

茅坤曰叙事文字法度恰好大略本史遷自叙中來

族譜後録上篇

蘇氏之先出於高陽高陽之子曰稱稱之子曰老童老童生重黎及吳回重黎爲帝嚳火正曰祝融以罪誅其後爲司馬氏而其弟吳回復爲火正吳回生陸終陸終生子六人長曰樊爲昆吾次曰惠連爲參胡次曰籛爲彭祖次曰來言爲會人次曰安爲曹姓季曰季連爲芊姓六人者皆有後其後各分爲數姓昆吾始姓已氏其

後爲蘇顧温董當夏之時昆吾爲諸矦伯歷商而昆吾之後無聞至周有忿生爲司寇能平刑以教百姓周公稱之葢書所謂司寇蘇公者也司寇蘇公與檀伯達皆封於河世世仕周家於其封故河南河内皆有蘇氏六國之際秦及代厲其苗裔也至漢興而蘇氏始徙入秦或曰高祖徙天下豪傑以實關中而蘇氏遷焉其後曰建家於長安杜陵武帝時爲將以擊匈奴有功

遼寧省圖書館藏
陶湘舊藏閔凌刻本集成

封平陵侯其後世遂家於其封建生三子長曰
嘉次曰武次曰賢嘉爲奉車都尉其六世孫純
爲南陽太守生子曰章當順帝時爲冀州刺史
又遷爲并州有功於其人其子孫遂家於趙州
其後至唐武后之世有味道者味道聖曆初爲
鳳閣侍郎以貶爲眉州刺史遷爲益州長史未
行而卒有子一人不能歸遂家焉自是眉始有
蘇氏故眉之蘇皆宗益州長史味道趙郡之蘇

芳坤曰以上次
數千年來一線

皆宗并州刺史章扶風之蘇皆宗平陵侯建河南河内之蘇皆宗司寇忿生而凡蘇氏皆宗昆吾樊昆吾樊宗祝融吳回葢自昆吾樊至司寇忿生自司寇忿生至平陵侯建自平陵侯建至并州刺史章自并州刺史章至益州長史味道自益州長史味道至吾之高祖其間世次皆不可紀而洵始爲族譜以紀其族屬譜之所記上至於吾之高祖下至於吾之昆弟昆弟死而及

遼寧省圖書館藏
陶湘舊藏閔凌刻本集成

昆弟之子曰嗚呼高祖之上不可詳矣自吾之前而吾莫之知焉已矣自吾之後而莫之知焉則從吾譜而益廣之可以至於無窮蓋高祖之子孫家授一譜而藏之其法曰凡嫡子而後得爲譜爲譜者皆存其高祖而遷其高祖之父世世存其先人之譜無廢也而其不及高祖者自其得爲譜者之父始而存其所宗之譜皆以吾譜冠焉其説曰此古之小宗也古者有大宗有

茅坤曰以下並
按禮記宗子之
法而詳次之

小宗傳曰別子爲祖繼別爲宗繼禰者爲小宗有百世不遷之宗有五世則遷之宗百世不遷者別子之後也宗其繼別子之所自出者百世不遷者也宗其繼高祖者五世則遷者也別子者公子及士之始爲大夫者也別子不得禰其父而自使其嫡子後之則爲大宗故曰繼別爲宗族人宗之雖百世而大宗死則爲之齊衰三月其母妻亦然死而無子則支子以其昭穆

遼寧省圖書館藏
陶湘舊藏閔凌刻本集成

後之此所謂百世不遷之宗也別子之庶子又不得禰別子而自使其嫡子爲後則爲小宗故曰繼禰者爲小宗小宗五世之外則易宗其繼禰者親兄弟宗之其繼祖者從兄弟宗之其繼曾祖者再從兄弟宗之其繼高祖者三從兄弟宗之死而無子則支子亦以其昭穆後之此所謂五世則遷之宗也凡今天下之人惟天子之子與始爲大夫者而後可以爲大宗其餘則否

茅坤曰以下詳其譜中高祖而後世系

獨小宗之法猶可施於天下故爲族譜其法皆從小宗凡吾之宗其繼高祖者高祖之嫡子祈祈死無子天下之宗法不立族人莫克以其子爲之後是以繼高祖之宗亡而虛存焉其繼曾祖者曾祖之嫡子宗善宗善之嫡子昭圖昭圖之嫡子惟益惟益之嫡子允元其繼祖者祖之嫡子諱序序之嫡子澹澹之嫡子位其繼禰者禰之嫡子澹澹之嫡子位曰嗚呼始可以詳之

遼寧省圖書館藏
陶湘舊藏閔凌刻本集成

矣百世之後凡吾高祖之子孫得其家之譜而
觀之則爲小宗得吾高祖之子孫之譜而合之
而以吾譜考焉則至於無窮而不可亂也是爲
譜之志云爾

族譜後録下篇

蘇氏之先自昆吾以來其最顯者司寇忿生三代之事其聞於今不詳周公作立政而特稱之以教太史其後周宣衰司寇之子孫亦曰蘇公遭讒作詩以刺暴公名曰彼何人斯惟此二人見於詩書是以其傳至今自蘇氏入秦而平陵侯建典屬國武始顯遷於趙而并州刺史章益州長史味道始有聞於世遷於眉而至於今無

聞夫是惟譜不立也自昆吾至書之蘇公五百
有餘年自書之蘇公至詩之蘇公二百有餘年
自詩之蘇公至平陵侯建典屬國武七百有餘
年自平陵侯建典屬國武至并州刺史章二百
有餘年自并州刺史章至益州長史味道五百
有餘年自益州長史味道至吾之高祖二百有
餘年以三十年而一易世則七十有餘世也七
十有餘世亦容有賢不賢焉不賢者隨世磨滅

不可得而聞而賢者獨有七人七十有餘世其賢者亦容不止於七人矣而其餘不傳則譜不立之過也故洵既爲族譜又從而記其所聞先人之行昔吾先子嘗有言曰吾年少而亡吾先人先世之行吾不及有聞焉葢嘗聞其畧曰蘇氏自遷於眉而家於眉山自高祖涇則已不詳自曾祖釿而後稍可記曾祖娶黄氏以俠氣聞於鄉閭生子五人而吾祖祜最少最賢以才幹

精敏見稱生於唐哀帝之天祐二年而歿于周
世宗之顯德五年蓋與五代相終始歿之一年
而吾太祖始受命是時王氏孟氏相繼據蜀蜀
之高才六人皆不肯出仕曰不足輔仕於蜀者
皆其年少輕鋭之士故蜀以再亡至太祖受命
而吾祖不及見也吾祖娶於李氏李氏唐之苗
裔太宗之子曹王明之後世曰瑜爲遂州長江
尉失官家於眉之丹稜祖母嚴毅居家肅然多

遼寧省圖書館藏陶湘舊藏閔凌刻本集成

才略猶有竇太后柴氏主之遺烈生子五人其
才皆不同宗善宗晏宗昪循循無所毀譽少子
宗晁輕俠難制而吾父杲最好善事父母極於
孝與兄弟篤於愛與朋友篤於信鄉閭之人無
親踈皆愛敬之娶宋氏夫人事上甚孝謹而御
下甚嚴生子九人而吾獨存善治生有餘財時
蜀新破其達官爭棄其田宅以入覲吾父獨不
肯取曰吾恐累吾子終其身田不滿二頃屋弊

陋不葺也好施與曰多財而不施吾恐他人謀
我然施而使人知之人將以我爲好名是以施
而尤惡使人知之族叔父玩嘗有重獄將就逮
曰入獄而死妻子以累兄請爲我詗獄之輕重
輕也以肉饋我重也以菜饋我饋我以菜吾將
不食而死既而得釋玩曰吾非無他兄弟可以
寄死生者惟子及將殁太夫人猶執吾手曰盡
以是屬子之兄弟笑曰而子賢雖非吾兄弟亦

遼寧省圖書館藏
陶湘舊藏閔凌刻本集成

將與之不賢雖吾兄弟亦將棄之屬之何益善
教之而已遂卒卒之歲蓋淳化五年推其生之
年則晉少帝之開運元年也此洵常得之先子
云爾先子諱序字仲先生於開寶六年而歿於
慶曆七年娶史氏夫人生子三人長曰澹次曰
渙季則洵也先子少孤喜爲善而不好讀書晚
廼爲詩能白道敏捷立成凡數十年得數千篇
上自朝廷郡邑之事下至鄉閭子孫畋漁治生

之意皆見於詩觀其詩雖不工然有以知其表裏洞達豁然偉人也性簡易無威儀薄於爲已而厚於爲人與人交無貴賤皆得其歡心見士大夫曲躬盡敬人以爲諂及其見田父野老亦然然後人不以爲怪外貌雖無所不與然其中心所以輕重人者甚嚴居鄉閭出入不乘馬曰有甚老於我而行者吾乘馬無以見之敝衣惡食處之不恥務欲以身處衆之所惡蓋不學老

子而與之合居家不治家事以家事屬諸子至族人有事就之謀者常爲盡其心反覆而不厭凶年嘗鬻其田以濟饑者旣豐人將償之曰吾自有以鬻之非爾故也卒不肯受力爲藏退之行以求不聞於世然行之旣久則鄉人亦多知之以爲古之隱君子莫及也以渙登朝授大理評事史氏夫人眉之大家慈仁寬厚宋氏姑甚嚴夫人常能得其歡以和族人先公十五年而

穆文熙曰不惟識先人之行亦以作子孫之規譜法深意

卒追封蓬萊縣太君洵聞之自唐之衰其賢人皆隱於山澤之間以避五代之亂及其後僭僞之國相繼亡滅聖人出而四海平一然其子孫猶不忍去其父祖之故以出仕於天下是以雖有美才而莫顯於世及其敎化洋溢風俗變改然後深山窮谷之中向日之子孫乃始振迅相與從官於朝然其才氣則旣已不若其先人質直敦厚可以重任而無疑也而其先人之行乃

獨隱晦而不聞洵竊深懼焉於是記其萬一而
藏之家以示子孫至和二年九月日

遼寧省圖書館藏
陶湘舊藏閔凌刻本集成

陳繼儒曰别而不别見水木本源之思

大宗譜法

蘇氏族譜小宗之法也凡天下之人皆得而用之而未及大宗也大宗之法冠以别子由别子而列之至於百世而至無窮皆世自爲處别其父子而合其兄弟父子者無窮者也兄弟者有窮者也無窮者相與處則害於無窮其勢不得不别然而某之子某某之子某則是猶不别也是爲大宗之法云爾故爲大宗之法三世自二

世而推之無不及也人設二子而廣之無不載也蓋立法以爲譜學者之事也由譜而知其先以及其旁子弟以傳於後世是古君子之所重而士大夫之所當知也以學者之事不立而古君子之所重與士大夫之所當知者隨廢是學者之罪也於是存之蘇氏族譜之末以俟後世君子有採焉

别子

遼寧省圖書館藏
陶湘舊藏閔凌刻本集成

一世　別子之適子甲
庶子乙
二世　甲之適子丙
庶子丁
乙之適子戊
庶子巳
三世　丙之適子庚
庶子辛

丁之適子壬
庶子癸
戊之適子子
庶子丑
己之適子寅
庶子卯

遼寧省圖書館藏
陶湘舊藏閔凌刻本集成

穆文熙曰匹夫化鄉人何必借權勢見老泉隨地是功業矣本宗次第乃先族乎而化及鄉人意

蘇氏族譜亭記

匹夫而化鄉人者吾聞其語矣國有君邑有大夫而爭訟者訢於其門鄉有庠里有學而學道者赴於其家鄉人有爲不善於室者父兄輒相與恐曰吾夫子無乃聞之嗚呼彼獨何修而得此哉意者其積之有本末而施之有次第耶今吾族人猶有服者不過百人而歲時蜡社不能相與盡其歡欣愛洽稍遠者至不相往來是無

茅坤曰族約似略而盡

以示吾鄉黨鄰里也乃作蘇氏族譜立亭於高祖墓塋之西南而刻石焉既而告之曰凡在此者死必赴冠娶妻必告少而孤則老者字之貧而無歸則富者收之而不然者族人之所共誚讓也歲正月相與拜奠於墓下既奠列坐於亭其老者顧少者而歎曰是不及見吾鄉鄰風俗之美矣自吾少時見有爲不義者則衆相與疾之如見怪物焉慄焉而不寧其後少衰也猶相

遼寧省圖書館藏
陶湘舊藏閔凌刻本集成

姜寶曰設爲惡行以示戒實未必有是人盖子虛賦亡是叟之類也

茅坤曰禮記文字

錢穀曰字孤譜中第一義故再三言之

與笑之今也則相與安之耳是起於某人也夫某人者是鄉之望人也（望人字可玩）而大亂吾俗焉是故其誘人也速其爲害也深自斯人之逐其兄之遺孤子而不䘏也而骨肉之恩薄自斯人之多取其先人之貲田而欺其諸孤子也而孝弟之行缺自斯人之爲其諸孤子之所訟也而禮義之節廢自斯人之以妾加其妻也而嫡庶之別混自斯人之篤於聲色而父子雜處讙譁不嚴也

錢穀曰思以匹夫矯定人之行

吾門之政亂自斯人之瀆財無厭惟富者之爲賢也而廉恥之路塞此六行者吾往時所謂大慙而不容者也今無知之人皆曰某人何人也猶且爲之其輿馬赫奕婢妾靚麗足以蕩惑里巷之小人其官爵貨力足以摇動府縣其矯詐修飾言語足以欺罔君子是州里之大盜也吾不敢以告鄉人而私以戒族人焉髣髴於斯人之一節者願無過吾門也予聞之懼而請書

匹是定人

焉老人曰書其事而闕其姓名使他人觀之則不知其爲誰而夫人之觀之則面熱內慙汗出而食不下也且無彰之庶其有悔乎予曰然乃記之

蘇老泉文集

卷十二

雜文

遼寧省圖書館藏
陶湘舊藏閔凌刻本集成

姜寶曰此記有雜下議處一則張公到益州非有汗馬之勞一則老泉于蜀爲父母之邦説蜀無亂不得説蜀横逆不得着他如何推重張公如何回護蜀人

蘇老泉文集卷十二

雜文

張益州畫像記

至和元年秋蜀人傳言有寇至邊軍夜呼野無居人妖言流聞京師震驚方命擇帥天子曰毋養亂毋助變衆言朋興朕志自定外亂不作變且中起不可以文令又不可以武競惟朕一二大吏孰爲能處茲文武之間其命往撫朕師乃

焦竑曰至蜀設施合前天子命意

唐順之曰斷出將乱難治意來便見張公有功不急不弛與起文武二句相顧

惟曰張公方平其人天子曰然公以親辭不可遂行冬十一月至蜀至之日歸屯軍撤守備使謂郡縣寇來在吾無爾勞苦明年正月朔旦蜀人相慶如他日遂以無事又明年正月相告留公像于淨衆寺公不能禁眉陽蘇洵言於衆曰未亂易治也既亂易治也有亂之萌無亂之形是謂將亂將亂難治不可以有亂急亦不可以無亂弛是惟元年之秋如器之攲未墜於地惟

唐順之曰老泉是蜀人故此一

爾張公安坐於其旁顏色不變徐起而正之既
正油然而退無矜容爲天子牧小民不倦惟爾
張公爾繄以生惟爾父母且公嘗爲我言民無
常性惟上所待人皆曰蜀人多變於是待之以
待盜賊之意而繩之以繩盜賊之法重足屏息
之民而以碪斧令於是民始忍以其父母妻子
之所仰賴之身而棄之於盜賊故每每大亂夫
約之以禮驅之以法惟蜀人爲易至於急之而

轉尤詳

生變雖齊魯亦然吾以齊魯待蜀人而蜀人亦自以齊魯之人待其身若夫肆意於法律之外以威劫其民吾不忍爲也嗚呼愛蜀人之深待蜀人之厚自公而前吾未始見也皆再拜稽首曰然蘇洵又曰公之恩在爾心爾死在爾子孫其功業在史官無以像爲也且公意不欲如何皆曰公則何事於斯雖然於我心有不釋焉今夫平居聞一善必問其人之姓名與鄉里之所

遼寧省圖書館藏
陶湘舊藏閔凌刻本集成

唐順之曰結學史記

在以至於其長短大小美惡之狀甚者或詰其平生所嗜好以想見其爲人而史官亦書之於其傳意使天下之人思之於心則存之於目存之於目故其思之於心也固由此觀之像亦不爲無助蘇洵無以詰遂爲之記公南京人慷慨有節以度量容天下天下有大事公可屬系之以詩曰天子在祚歲在甲午西人傳言有寇在垣庭有武臣謀夫如雲天子曰噫命我張公公

來自東旗纛舒舒西人聚觀于巷于塗謂公暨
暨公來于于公謂西人安爾室家無敢或訛訛
言不祥往卽爾常春爾絛桑秋爾滌場西人稽
首公我父兄公在西圃草木駢駢公宴其僚伐
鼓淵淵西人來觀祝公萬年有女娟娟閨闥閑
閑有童哇哇亦旣能言昔公未來期汝棄捐禾
麻芃芃倉庾崇崇嗟我婦子樂此歲豐公在朝
廷天子股肱天子曰歸公敢不承作堂嚴嚴有

遼寧省圖書館藏
陶湘舊藏閔凌刻本集成

廡有庭。公像在中。朝服冠纓。西人相告。無敢逸

荒。公歸京師。公像在堂。

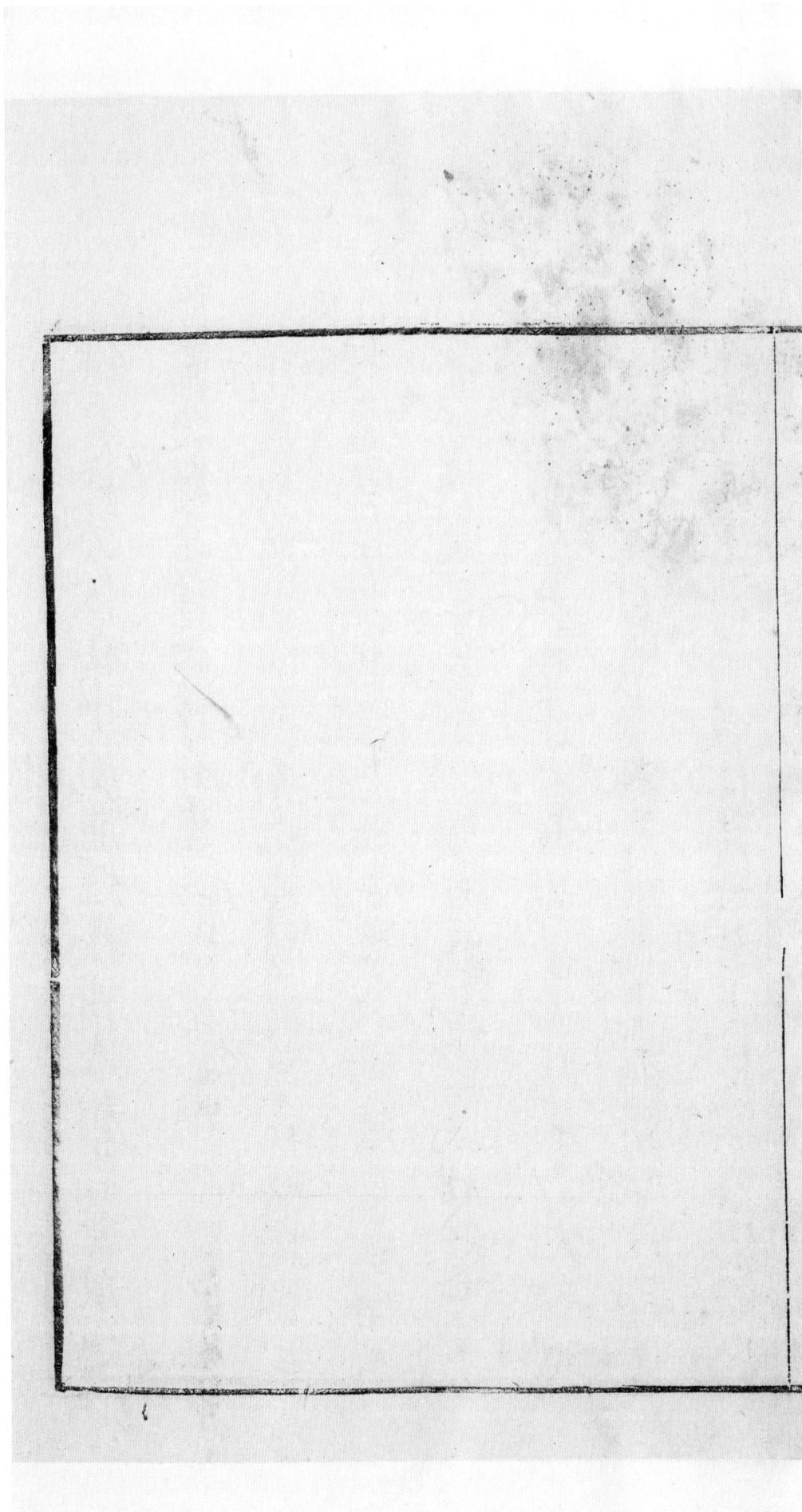

穆文熙曰只此一段見老泉自有主張人

彭州圓覺禪院記

人之居乎此也其必有樂乎此也居斯樂不樂不居也居而不樂不樂而不去爲自欺且爲欺天蓋君子恥食其食而無其功恥服其服而不知其事故居而不樂吾有吐食脱服以逃天下之譏而已耳天之畀我以形而使我以心馭也今日欲適秦明日欲適越天下誰我禦故居而不樂不樂而不去是其心且不能馭其形而況

穆文熙曰應居而不樂

穆文熙曰入室操戈徧世皆是

能以馭他人哉自唐以來天下士大夫爭以排釋老爲言故其徒之欲求知於吾士大夫之間者往往自叛其師以求容於吾而吾士大夫亦喜其來而接之以禮靈師文暢之徒飲酒食肉以自絕於其教嗚呼歸爾父子復爾室家而後吾許爾以叛爾師父子之不歸室家之不復而師之叛是不可以一日立于天下傳曰人臣無外交故季布之忠於楚也雖不如蕭韓之先覺

寧免老泉之惡

穆文熙曰應居斯樂

而比丁公之貳則爲愈予在京師彭州僧保聰來求識予甚勤及至蜀聞其自京師歸布衣蔬食以爲其徒先凡若千年而所居圓覺院大治一日爲予道其先師平潤事與其院之所以得名者請予爲記予佳聰之不以叛其師悅予也故爲之記曰彭州龍興寺僧平潤講圓覺經有奇因以名院院始弊不葺潤之來始得隙地以作堂宇凡更二僧而至于保聰聰又合其鄰之

僧屋若干於其院以成是爲記

極樂院造六菩薩記

始予少年時父母俱存兄弟妻子備具終日嬉遊不知有死生之悲自長女之夭不四五年而丁母夫人之憂蓋年二十有四矣其後五年而喪兄希白又一年而長子死又四年而幼姊亡又五年而次女卒至于丁亥之歲先君去世又六年而失其幼女服未既而有長姊之喪悲憂慘愴之氣鬱積而未散蓋年四十有九而喪妻

錢穀曰將遠行而念墳墓用意敦厚

穆文熙曰老泉為死者造六菩薩像東坡為老泉捨四菩薩板意思一樣可謂俗緣亦可謂真諦

焉嗟夫三十年之間而骨肉之親零落無幾逝將南去由荊楚走大梁然後訪吳越適燕趙徜徉於四方以忘其老將去慨然顧墳墓追念死者恐其魂神精爽滯於幽陰冥漠之間而不復曠然遊乎逍遙之鄉於是造六菩薩并龕座二所蓋釋氏所謂觀音勢至天藏地藏解冤結引路王者置於極樂院阿彌如來之堂庶幾死者有知或生於天或上於四方上下所適如意亦

遼寧省圖書館藏陶湘舊藏閔凌刻本集成

若余之遊於四方而無繫云爾

茅坤曰即木假山看出許多幸不幸來有感慨有態度凡六轉入山來又一轉有百尺竿頭之意

木假山記

木之生或蘖而殤或拱而夭幸而至於任爲棟梁則伐不幸而爲風之所拔水之所漂或破折或腐幸而得不破折不腐則爲人之所材而有斧斤之患其最幸者漂沉汩沒於湍沙之間不知其幾百年而其激射齧食之餘或髣髴於山者則爲好事者取去强之以爲山然後可以脱泥沙而遠斧斤而荒江之濆如此者幾何不爲

此轉尤妙

唐順之曰一一抱前極緊嚴極活潑

好事者所見而爲樵夫野人所薪者何可勝數則其最幸者之中又有不幸者焉予家有三峰予每思之則疑其有數存乎其間且其蘖而不殤拱而不夭任爲棟梁而不伐風拔水漂而不破折不腐不破折不腐而不爲人所材以及於斧斤出於湍沙之間而不爲樵夫野人之所薪而後得至乎此則其理似不偶然也然予之愛之則非徒愛其似山而又有所感焉非徒愛之

遼寧省圖書館藏
陶湘舊藏閔凌刻本集成

錢穀曰一曰魁岸踞肆一曰莊栗刻峭自是倜儻不凡氣象令人有高山仰止之思

而又有所敬焉予見中峰魁岸踞肆意氣端重若有以服其旁之二峰二峰者莊栗刻峭凜乎不可犯雖其勢服於中峰而岌然無阿附意吁其可敬也夫其可以有所感也夫

老翁井銘

丁酉歲余卜葬亡妻得武陽安鎮之山山之所從來甚高大壯偉其末分而爲兩股回轉環抱有泉坌然出於兩山之間而北附右股之下畜爲大井可以日飲百餘家卜者曰吉是其葬書爲神之居蓋水之行常與山俱山止而泉冽則山之精氣勢力自遠而至者皆畜於此而不去是以可葬無害他日乃問泉旁之民皆曰是爲

老翁井問其所以爲名之由曰往歲十年山空
月明天地開霽則常有老人蒼顔白髪偃息於
泉上就之則隱而入於泉莫可見蓋其相傳以
爲知此者久矣因爲作亭於其上又甃石以禦
水潦之暴而往往優遊其間酌泉而飲之以庶
幾得見所謂老翁者以知其信否然余又閔其
老於荒榛巖石之間千歲而莫知也今乃始遇
我而後得傳於無窮遂爲銘曰山起東北翼爲

遼寧省圖書館藏
陶湘舊藏閔凌刻本集成

南西涓涓斯泉坌溢以瀰斂以爲井可飮萬夫
汲者告吾有叟於斯里無斯人將此謂誰山空
寂寥或嘯而嬉更千萬年自絜自好誰其知之
乃訖遇我惟我與爾將遂不泯無溢無竭以永
千祀

王荆州畫像贊

太山崇崇，東海滔滔。蟠爲山東，公惟齊人。齊方千里，而吾獨見公。公在荆州，或象其儀。白髮紅顔，謂公方壯。公生辛丑，天子之老。誰謂公老，其威桓桓。鎮天子之南邦。

遼寧省圖書館藏
陶湘舊藏閔凌刻本集成

楊慎曰閻立本畫家之李白吳道子則杜甫也

王世貞曰狗馬難鬼神易五星亦鬼神例耳

吳道子畫五星贊

世稱善畫曹與張縑墻破紙爛兵火所燒至于有唐道子姓吳獨稱一時蔑張與曹歷歲數百其有幾何或鑱于碑以獲不磨吾世貧窶非有富豪堂堂五行道子所摹歲星居前不武不挑求之古人其有帝堯盛服佩劍其容昭昭熒惑惟南左弓右刀赫烈奮怒木石焚焦震怛下土莫敢有驕崔崔土星瘦而長腰四方遠遊去如

焦竑曰荆浩謂吴道子有筆無墨五星之肖可想而知

飛飆倏忽萬里遠莫可招太白惟將宜其壯夫今惟婦人長裾飄飄抱撫四弦如聲嘈嘈辰星北方不麗不妖執筆與紙凝然不囂粧非今人唇傅黑膏唯是五星筆勢莫高昔始得之爛其生綃及今百年墨昏而消愈後愈遠知其若何吾苟不言是亦不遺

楊慎曰李善云有物有文曰色風雖地氣然亦有光毛萇詩註云風行水上曰漪易曰風行水上渙按老泉文甫字說本之易衍之詩註而發其旨者李善也

仲兄字文甫說

洵讀易至渙之六四曰渙其羣元吉曰嗟夫羣者聖人所欲渙以混一天下者也蓋余仲兄名渙而字公羣則是以聖人之所欲解散滌蕩者以自命也而可乎他日以告兄曰子可無爲我易之洵曰唯既而曰請以文甫易之如何且兄嘗見夫水之與風乎油然而行淵然而留渟洄汪洋滿而上浮者是水也而風實起之蓬蓬然

茅坤曰肖莊子

而發乎大空不終日而行乎四方蕩乎其無形
飄乎其遠來既往而不知其迹之所存者是風
也而水實形之今夫風水之相遭乎大澤之陂
也紆餘委蛇蜿蜒淪漣安而相推怒而相凌舒
而如雲蹙而如鱗疾而如馳徐而如徊揖讓旋
辟相顧而不前其繁如縠其亂如霧紛紜鬱擾
百里若一汩乎順流至乎滄海之濱滂薄洶涌
號怒相軋交横綢繆放乎空虛掉乎無垠横流

遼寧省圖書館藏
陶湘舊藏閔凌刻本集成

茅坤曰又轉進一步

逆折濆旋傾側宛轉膠戾回者如輪縈者如帶直者如燧奔者如燄跳者如鷺投者如鯉殊狀異態而風水之極觀備矣故曰風行水上渙此亦天下之至文也然而此二物者豈有求乎文哉無意乎相求不期而相遭而文生焉是其爲文也非水之文也非風之文也二物者非能爲文而不能不爲文也物之相使而文出於其間也故此天下之至文也今夫玉非不溫然美矣

茅坤曰借二物相形文不枯淡

唐順之曰本意在此

茅坤曰有此一段文字地步便寬

而不得以爲文刻鏤組繡非不文矣而不可與論乎自然故夫天下之無營而文生之者唯水與風而已昔者君子之處於世不求有功不得已而功成則天下以爲賢不求有言不得已而言出則天下以爲口實嗚呼此不可與他人道之唯吾兄可也

遼寧省圖書館藏 陶湘舊藏閔凌刻本集成

茅坤曰此老泉逆論二子之終也卒之長公再以忤廢僅而能免少公終得以遠老自解脫悠悠卒歲亦奇矣

又曰文字僅百而無限宛轉無限情思

名二子說

輪輻蓋軫皆有職乎車而軾獨若無所爲者雖然去軾則吾未見其爲完車也軾乎吾懼汝之不外飾也天下之車莫不由轍而言車之功者轍不與焉雖然車仆馬斃而患亦不及轍是轍者善處乎禍福之間也轍乎吾知免矣

穆文熙曰嗣真可從張僊求否

題張僊畫像

洵嘗於天聖庚午重九日至玉局觀無礙子卦肆中見一畫像筆法清奇乃云張僊也有感必應因解玉環易之洵尚無子嗣每旦必露香以告逮數年既得軾又得轍性皆嗜書乃知真人急於接物而無礙子之言不妄矣故識其本末使異時求嗣者於此加敬云

穆文熙曰：不得已而成功，則天下以為賢。亦此因勢寓事意。其贊乃父曰「合老子」，想老泉亦得道法自然之教者。

送吳侯職方赴闕序

因天地萬物有可以如此之勢而寓之於事則其始不强而易成其成也窮萬物而不可變聖人見天地之間以物加物而不能皆長不能皆短於是有度見一人之手不能盛江河之沙礫而太山之谷納一石而不加淺於是有量見物横於空中首重而末舉於是有權衡長短之相形大小之相盛輕重之相抑昂皆物之所自有

而度量權衡者因焉故度量權衡家有之而不可闕至于後世有作者出以爲因物之自然以成物不足以見吾智於是作器使之不擊而自鳴不觸而自轉虛而欹水實其中而覆半而端如常器嗚呼殆矣吾見其朝作而暮廢也夫不忍而謂之仁忍而謂之義見踏水者不忍而拯其手而仁存焉見井中之人度不能出忍而不從而義存焉無傷其身而活一人人心有之不

遼寧省圖書館藏
陶湘舊藏閔凌刻本集成

焦竑曰：但曰不殺身，恐嫌坐視。當曰有自然可救之道在。

錢穀曰：老泉亦近人情。

肯殺其身以濟必不能生之人，人心有之。有人焉以爲人心之所自有，而不足以驚人也，乃曰：殺吾身，雖不能生人，吾爲之。此人心之所自有邪？强之也。强不能以及遠，使人之心不忍殺人，而亦不以無故殺其身，是亦足以爲仁矣乎！嗚呼，有餘矣。誰能不忍視人之死，而亦不肯妄殺其身者，然則異世驚衆之行，亦無有以加之也。

吳侯職方有名於當時，其胸中泊然無崖岸限

隔又無翹然躍然務出奇怪之操以震撼世俗之志是誠使刻厲險薄之人見之將不識其所以與常人異者然使之退而思其平生大方則淳淳渾渾不可遽測此所謂能充其心之所自有而天下之君子也吳侯有名於世三十年而猶於此爲遠官今其東歸其不祿祿爲此官矣哉

遼寧省圖書館藏
陶湘舊藏閔凌刻本集成

茅坤曰：文有生色，當與韓昌黎送殷員外等序相伯仲。

送石昌言使北引

昌言舉進士時，吾始數歲，未學也。憶與羣兒戲先府君側，昌言從旁取棗栗啖我。家居相近，又以親戚故，甚狎。昌言舉進士，日有名。吾後漸長，亦稍知讀書，學句讀、屬對、聲律，未成而廢。昌言聞吾廢學，雖不言，察其意，甚恨。後十餘年，昌言及第第四人，守官四方，不相聞。吾以壯大，乃能感悔，摧折復學。又數年，游京師，見昌言長安，相

茅坤曰老泉生平意氣如此

錢穀曰上皇帝書云使惟其可意其自許乎

與勞苦如平生歡出文十數首昌言甚喜稱善吾晚學無師雖日爲文中甚自慚及聞昌言説乃頗自喜今十餘年又來京師而昌言官兩制乃爲天子出使萬里外强悍不屈之虜庭建大旆從騎數百送車千乘出都門意氣慨然自思爲兒時見昌言先府君旁安知其至此富貴不足怪吾於昌言獨有感也丈夫生不爲將得爲使折衝口舌之間足矣往年彭任從富公使還

遼寧省圖書館藏
陶湘舊藏閔凌刻本集成

錢穀曰此心疑曰疑之説也老蘓似自無全徹

茅坤曰結意在此蓋欲昌言不受虜欺

爲我言旣出境宿驛亭聞介馬數萬騎馳過劒槊相摩終夜有聲從者怛然失色及明視道上馬迹尚心掉不自禁凡虜所以夸耀中國者多此類中國之人不測也故或至於震懼而失辭以爲夷狄笑嗚呼何其不思之甚也昔者奉春君使冒頓壯士健馬皆匿不見是以有平城之役今之匈奴吾知其無能爲也孟子曰説大人者藐之況於夷狄請以爲贈

遼寧省圖書館藏
陶湘舊藏閔凌刻本集成

丹稜楊君墓誌銘

楊君諱某字某世家眉之丹稜曾大父諱某大父某父某皆不仕君娶某氏女生子四人長曰美琪次曰美琳次曰美珣其幼美球美球嘗從事安靖軍余遊巴東因以識余嘉祐二年某月某日君卒享年若干四年十一月某日葬于某鄉某里將葬從事來請余銘以求不泯于後余不忍逆蓋美琳先君之喪一月而卒美琪美珣

皆志於學而美球既仕於朝銘曰歲在巳亥月在子培高穴深託后土夫子骨肉歸安此生有四息三哭位後昆如雲不勝記其後豈不富且貴囑余作銘賴其季更千萬年豈不偉

遼寧省圖書館藏
陶湘舊藏閔凌刻本集成

穆文熙曰兩聯括大意

穆文熙曰激楚之文亦饒韻致祭文中之冣勝者

祭史彥輔文

嗚呼彥輔胡爲而然胡負於天誰不壽考而於彥輔獨嗇其年誰不富貴使終賤寒誰無子孫詵詵戢戢滿眼蚳蝝於天何傷獨愛一孺使殞其傳幨幨其帷其下惟誰有童未冠彥輔從子帶經而哭稽顙未前天高茫茫慟哭不聞誰知此寃輟哭長思念初結交康定寶元予以氣豪縱橫放肆隼擊鵬騫奇文怪論卓若無敵悚怛

穆文熙曰：斷金之誼。

旁觀憶子大醉中夜過我狂歌呌讙予不喜酒（氣豪）
正襟危坐終夕無言他人竊驚宜若不合胡爲
甚歡嗟人何知吾與彥輔契心忘顏飛騰雲霄
無有遠邇我後子先擠排澗谷無有嶮易我溺
子援破窓孤燈冷灰凍席與子無眠旅遊王城
飲食寤寐相恃以安慶曆丁亥詔策告罷予將
西轅慨然有懷吾親老矣甘旨未完往從南公
奔走乞假遂至于虔子時亦來止于臨江繫馬

遼寧省圖書館藏
陶湘舊藏閔凌刻本集成

解鞍愛弟子凝倉卒就獄舉家驚喧及秋八月予將北歸亦既具船有書晨至開視驚呌遂丁大艱故鄉萬里泣血行役敢期生還中途逢子握手相慰曰無自殘旅宿魂驚中夜起行長江大山前呼後應告我無恐相從入關歸來幾何子以病廢手足若攣我嘉子心壯若鐵石益固而堅瞋目大呼屋瓦爲落聞者竦肩子凝之喪大臨嘔血傷心破肝我遊京師强起來餞相顧

畱連我還自東二子喪母歸懷心酸子病告革奔走往問醫云巳難問以後事口不能語悲來塞咽遺文墜藁爲子收拾以葺以編我知不朽千載之後子名長存嗚呼彥輔天實喪之予哭寢門白髮班班疾病來加臥不能奔哭書此文命軾往奠以慰斯魂尙饗

遼寧省圖書館藏
陶湘舊藏閔凌刻本集成

祭任氏姊文

昔我曾祖，子孫滿門。姊之先人，實惟其孫。不幸而亡，又不有嗣。後世饗祀，其託在姊。祭於女家，聞者欷歔。姊不永存，後益以踈。姊之未亡，洵作族譜。昆弟諸子，可以指數。念子之先，其後爲誰。周旋反覆，不見而悲。悲其早喪，宜姊壽考。春秋薦獻，終姊之老。今姊永歸，遂及良人。皆葬于原。送哭酸辛，姊之子孫。恭愿良謹，當有達者。以塞此恨。跪讀此文。告以無憾。鬼神有知。尚克來鑒。

遼寧省圖書館藏
陶湘舊藏閔凌刻本集成

> 穆文熙曰教以學問畏其無聞二子曰要以文稱游蕩不学耽ゝ不樂老泉曰有過誰箴家庭師友可慕可則

祭亡妻文

嗚呼與子相好相期百年不知中道棄我而先我徂京師不遠當還嗟子之去曾不須臾子去不返我懷永哀反覆求思意子復回人亦有言死生短長苟皆不欲爾避誰當我獨悲子生逢百殃有子六人今誰在堂唯軾與轍僅存不亡咻呴撫摩既冠既昏教以學問畏其無聞晝夜孜孜孰知子勤提攜東去出門遲遲今往不捷

後何以歸二子告我母氏勞苦今不汲汲柰後將悔大寒酷熱崎嶇在外亦旣薦名試于南宮文字煒煒歎驚羣公二子喜躍我知母心非官寔好要以文稱我今西歸有以藉口故鄉千里期母壽考歸來空堂哭不見人傷心故物感涕慇懃嗟予老矣四海一身自予之逝內失良朋孤居終日有過誰箴昔予少年游蕩不學子雖不言耿耿不樂我知子心憂我涙沒感歎折節

遼寧省圖書館藏陶湘舊藏閔凌刻本集成

以至今日嗚呼死矣不可再得安鎮之鄉里名
可龍隷武陽縣在州北東有蟠其丘惟子之墳
鑿爲二室期與子同骨肉歸土魂無不之我歸
舊廬無不改移冕兮來泯不日來歸

遼寧省圖書館藏
陶湘舊藏閔凌刻本集成

祭姪位文

嘉祐五年六月十四日叔洵以家饌酒果祭于亡姪之靈昔汝之生後余五年余雖汝叔父而幼與汝同戲如兄弟然其後余日以長汝亦以壯大余適四方而汝留故國余既歸止汝乃隨汝仲叔旅居東都十有三歲而不還今余來東汝遂溘然至死而不救此豈非天邪嗟夫數十年之間與汝出處參差不齊曾不如其幼之時

方將與汝旅于此汝又一旦而歿人事之變何其反覆而與人相違嗟余伯兄其後之存者今日以往獨汝季弟與汝之二孺此所以使余增悲也汝歿之五日汝家將殯汝于京城之西郊䰟如有知於此永别尚饗

遼寧省圖書館藏
陶湘舊藏閔凌刻本集成

祭史親家祖母文

嗟人之生，其久幾何，百年之間，逝者如麻，反顧而思，可泣以悲。夫人之孫，歸于子轍，自初許嫁以及今日。旻天不吊，禍難薦結，始自丁亥，天崩地折，先君殁世，次及近歲，子婦之母亦以奄棄。顧惟荼毒，謂亦止此，誰知于今乃或有甚。室家不祥，死而莫救，及于夫人，亦罹此咎。子喪其妣，婦喪祖母，誰謂人生而至於是。歎嗟傷心，悲悉不能止。

遼寧省圖書館藏
陶湘舊藏閔凌刻本集成

茅坤曰一篇柱子

唐順之曰老泉論史曰史以事

議脩禮書狀

右洵先奉敕編禮書後聞臣僚上言以爲祖宗所行不能無過差不經之事欲盡芟去無使存録洵竊見議者之説與敕意大異何者前所授敕其意曰纂集故事而使後世無忘之耳非曰制爲典禮而使後世遵而行之也然則洵等所編者是史書之類也遇事而記之不擇善惡詳其曲折而使後世得知而善惡自著者是史之

辞勝故其居職亦如是然欲使後世不疑依然以道法勝

體也若夫存其善者而去其不善則是制作之事而非職之所及也而議者以責洵等不已過乎且又有所不可者今朝廷之禮雖爲詳備然大抵往往亦有不安之處非特一二事而已而欲有所去焉不識其所去者果何事也旣欲去之則其勢不得不盡去盡去則禮缺而不備苟獨去其一而不去其二則適足以爲抵捂齟齬而不可齊一且議者之意不過欲以掩惡諱過

遼寧省圖書館藏
陶湘舊藏閔凌刻本集成

焦竑曰觀桓公一轉假使先行有必不可書者老蘓亦自不書議論周到

以全臣子之義如是而已矣昔孔子作春秋惟其惻怛而不忍言者而後有隱諱蓋桓公薨子般卒没而不書其實以爲是不可書也至於成宋亂及齊狩躋僖公作丘甲用田賦丹桓宮楹刻桓宮桷若此之類皆書而不諱其意以爲雖不善而尚可書也今先世之所行雖小有不善者猶與春秋之所書者甚遠而悉使洵等隱諱而不書如此將使後世不知其淺深徒見當時

白敉

焦竑曰史尚實録以懲君過老泉曰以徵君過從來無人道破

之臣子至於隱諱而不言以爲有所大不可言者則無乃欲益而反損歟公羊之說滅紀滅項皆所以爲賢者諱然其所謂諱者非不書也書而迂曲其文耳然則其實猶不没也其實猶不没者非以彰其過也以見其過之止於此也今無故乃取先世之事而没之後世將不知而大疑之此大不便者也班固作漢志凡漢之事悉載而無所擇今欲如之則先世之小有過差者

遼寧省圖書館藏
陶湘舊藏閔凌刻本集成

不足以害其大明而可以使後世無疑之之意
且使洵等爲得其所職而不至於侵官者謹具
狀申提舉參政侍郎欲乞備錄聞奏

賀歐陽樞密啓

伏審光奉帝詔入持國樞士民讙譁朝野響動恭惟國家所以設樞密之任乃是天下未能忘威武之防雖號百歲之承平未嘗一日而無事兵不可去職爲最難任文教則損國威專武事則害民政伏自近歲屢更大臣皆由省府而來以答勳勞之舊一歷二府遂超百官既無跋足之求僅若息肩之所自聞此命欣賀實深葢因

穆文熙曰以親爲賀不似趨炎世態

物議之所歸以慰民心之大望伏惟某官一時之傑舉代所推經世之文服膺已久致君之略至老不衰顧惟平昔起於小官曷嘗須臾忘於當世以爲天下之未大治葢自賢者之在下風自今而言夫復何難願因千載之遇一新四海之瞻洵受恩至深爲喜宜倍嘗謂未死之際無由知王道之大行不意臨老之年猶及見君子之得位阻以在外闕於至門仰祈高明俯賜亮

遼寧省圖書館藏
陶湘舊藏閔凌刻本集成

祭

穆文熙曰與張侍郎歐陽内翰書亦無求仕可

謝相府啓

朝廷之士進而不知休山林之士退而不知反二者交譏于世學者莫獲其中洵幼而讀書固有意于從宦壯而不仕豈爲異以矯人上之則有制策誘之于前下之則有進士驅之于後常以措意晩而自慚蓋人未之知而自衒以求用世未之信而有望于効官仰而就之良亦難矣以爲欲求於無辱莫若退聽之自然有田一廛

伏孟子

伏孔子

謂聽之自然乎然嘗曰欲見我而見之不欲見而去之則其自然可想

穆文熙曰夜光暗投無不按劍老泉不肯强人識高

足以爲養行年五十將復何爲不意貧賤之姓名偶自徹聞于朝野向承再命以就試固以大異其本心且不試而審觀其才則上之人猶未信其可用未信而有求于上則洵之意以爲近于强人遂以再辭亦既獲命于匹夫之賤而必行其私意豈王命之寵而敢望其曲加昨承詔恩被以休寵退而自顧愧其無勞此蓋昭文相公左右元君舒慘百辟德澤所暢刑威所加不

句奇

（穆文熙曰老泉以己爲獲其中矣）

暘而燠不寒而慄顧惟無似或謂可收不忍棄之于庶人亦使與列于一命上以慰夫天下賢俊之望下以解其終身饑寒之憂仰惟此恩孰可爲報昔者孟子不願召見（影己之不就試）而孔子不辭小官（影己之不辭）夫欲正其所由得之之名是以謹其所以取之之故蓋孟子不爲矯孔子不爲卑苟窮其心則各有説雖自知其不肖常願附其下風區區之心惟所裁擇

遼寧省圖書館藏
陶湘舊藏閔凌刻本集成

蘇老泉文集

卷十三

詩

顔書

歐陽永叔白兎

答二任

陳景回治園圃

憶山送人

上田侍制詩

途次長安上都漕傅諫議

答陳公美

遼寧省圖書館藏
陶湘舊藏閔凌刻本集成

次韻和縉叔遊仲容西園
香

遼寧省圖書館藏
陶湘舊藏閔凌刻本集成

蘇老泉詩集卷十三

雜詩

雲興于山

雲興于山⿱雨肴⿱雨肴爲霧匪山不仁天實不顧山川我享爲我百訴豈不畏天哀此下土班班鳲鳩穀穀晨號天乎未雨余不告勞誰爲山川不如羽毛

有驥在野

有驥在野百過不呻子不我良豈無他人縶我于廄乃不我駕遇我不終不如在野秃毛于霜寄肉于狠寧彼我傷寧人不我顧無子我忘

有觸者犢

有觸者犢再箠不却爲子巳觸安所置角天實畀我子欲巳我惡我所爲盍奪我有子欲不觸盍索之笠

朝日載昇

遼寧省圖書館藏陶湘舊藏閔凌刻本集成

朝日載昇蒸蒸伊氓于室有績于野有耕于塗有商于邊有征天生斯民相養以寧嗟我何爲踽踽無營初孰與我今孰主我我將往問安所處我

我客至止

我客至止我逆於門來升我堂來飲我罇羞鼈不時詈我不勤求我何多請辭不能客謂主人唯子我然求子之多責子之深期子于賢

顏書

任君北方來手出邠州碑爲是魯公寫遺我我不辭魯公實豪傑慷慨忠義姿憶在天寶未變起漁陽師猛士不敢當儒生横義旗感激數十郡連衡鬬羌夷新造勢尚弱胡爲力未衰用兵竟不勝歎息眞數奇杲兄死常山烈士淚滿頤魯公不死敵天下皆熈熈柰何不愛死再使踏鯨鰭公固不畏死吾實悲當時緬邈念高誼惜

遼寧省圖書館藏
陶湘舊藏閔凌刻本集成

哉生我遲近日見異説不知作者誰云公本不
死此事亦已奇大抵天下心人人屬公思加以
不死狀慰此苦歎悲我欲哭公墓莽莽不可知
愛其平生迹性往或子遺此字出公手一見臧
歎咨使公不善書筆墨紛訛癡思其平生事豈
忍棄路岐況此字頗怪堂堂偉形儀駿極有深
穩骨老成支離點畫迴應和關連不相違有如
一人身鼻口耳目眉彼此異狀貌各自相結維

離離天上星分如不相持左右自綴會或作斗
與箕骨嚴體端重安置無欹危篆閃兀大腹高
屋無務帽古器合尺度法物應矩規想其始下
筆莊重不自卑虞椰豈不好結束煩馽羈筆法
未離俗庸手尚敢窺自我見此字得紙無所施
一車會百木斤斧所易爲團團彼明月欲畫形
終非誰知忠義心餘力尚及斯因此數幅紙使
我重歎嘻

遼寧省圖書館藏
陶湘舊藏閔凌刻本集成

歐陽永叔白兔

飛鷹搏平原禽獸亂衰草蒼茫就擒執顛倒莫能保白兔不忍殺歎息愛其老獨生遂長拘野性始驚矯貴人纖笱籠馴擾漸可抱誰知山林寬穴處頗自好高飆動槁葉群竄迹如掃異質不自藏照野明皜皜獵夫指之笑自匿苦不早何當騎蟾蜍靈杵手自擣

答二任

魯人賤夫子嗚丘指東家當時雖未遇弟子已如麻奈何鄉閭人曾不爲歎嗟區區吳越間問骨不憚遐習見反不怪海人等龍蝦嗟我何足道窮車出無車昨者入京洛文章彼人誇故舊未肯信聞之笑呀呀獨有兩任子知我有足嘉遠遊苦相念長篇寄芬葩道我亦未爾子得無增加貧窮已衰老短髮垂髿髿重祿無意取思治山中畬往歲栽苦竹細密如蒹葭庭前三小

山本爲山中楂當前鑿方池寒泉照谽岈誰此可竟日胡爲踏朝衙何當子來會酒食相邀遮願爲久相敬終始無疵瑕閑居各無事數來飲流霞

丙申歲余在京師鄉人陳景回自南來棄其官得太子中允景回舊有地在蔡今將治園囿於其間以自老余嘗有意於嵩山之下洛水之上買地築室以爲休息之館

而未果余景同欲余詩遂道此意景同志
余言異日可以知余之非戲云爾
岷山之陽土如腴江水清滑多鯉魚古人居之
富者衆我獨厭倦思移居平川如手山水蹙恐
我後世鄙且愚經行天下愛嵩嶽遂欲買地居
妻孥晴原漫漫望不盡山色照野光如濡民生
舒緩無夭扎衣冠堂堂偉丈夫吾今隱居未有
所更後十載不可無聞君厭蜀樂上蔡占地百

遼寧省圖書館藏
陶湘舊藏閔凌刻本集成

須無邊隅草深野闊足狐兎水種陸取身不劬
誰知李斯顧秦寵不獲牽犬追黄狐今君南去
已足老行看嵩少當吾廬

憶山送人

少年喜奇迹落拓鞍馬間縱目視天下愛此宇
宙寬山川看不厭浩然遂忘還岷峨最先見晴
光厭西川遠望未及上但愛青若鬟大雪冬没
脛夏秋多蛇蚖乘春乃敢去匍匐攀孱顔有路

不容足左右號鹿猿陰崖雪如石迫暖成高瀾
經日到絕頂目眩手足顛自恐不得下撫膺忽
長歎坐定聊四顧風色非人寰仰面躡雲霞垂
手撫百山臨風弄襟袖飄若風中仙揭來游荆
渚談笑登峽船峽山無平岡峽水多悍湍長風
送輕帆瞥過難詳觀其間最可愛巫廟十數巔
聳聳青玉幹折首不見端其餘亦詭怪土老崖
石頑長江渾渾流觸齧不可欄苟非峽山壯浩

浩無隅邊恐是造物意特使險且堅江山兩相
值後世無水患水行月餘日泊舟事征鞍爛熳
走塵土耳囂目眵昏中路逢漢水亂流愛清淵
道逢塵土客洗濯無瑕痕振鞭入京師累歲不
得官悠悠故鄉念中夜戚慘然五噫不復留馳
車走轘轅自是識嵩岳蕩蕩容貌尊不入衆山
刻體如鎮中原幾日至華下秀色碧照天上下
數十里映睫青巑巑迤邐見鍾南岸口蟠長安

一月看山岳懷抱斗以騫漸漸大道盡倚山棧夤緣下瞰不測溪石齒交戈鋋虗閣怖馬足險崖摩吾肩左山右絕澗中如一繩慳傲睨駐鞍轡不忍驅以鞭累累斬絕峰兀不相屬聯背出或逾峻遠鶩如爭先或時度岡領下馬步險艱怪事看愈好勤劬變清歡行行上劒閣勉强踵不前矯首望故國漫漫但青煙及下鹿頭坂始見平沙田歸來顧妻子壯抱難留連遂使十餘

遼寧省圖書館藏
陶湘舊藏閔凌刻本集成

載此路常周旋又聞吴越中山明水澄鮮百金
買駿馬往意不自存投身入廬岳首挹瀑布源
飛下二千尺强烈不可干餘潤散爲雨遍作山
中寒次入二林寺遂獲高僧言問以絶勝境導
我同躋攀逾月不倦厭岩谷行欲殫下山復南
邁不知已南虔五嶺望可見欲往苦不難便擬
去登玩因得窺群巒此意竟不償歸抱愁煎煎
到家不再出一頓俄十年昨聞廬山郡太守雷

君賢往求與識面復見山巒蟠絕壁橫三方有
類大破鐶包褁五六州倚之爲長垣大抵蜀山
峭巉刻氣不温不類嵩華背氣象多濃繁吳君
潁川秀六載爲蜀官簿書苦爲累天鶴囚籠樊
岷山青城縣峨眉亦南犍黎雅又可到不見宜
悒然有如烹脂牛過眼不得飡始謂泛峽去此
約今又怱只有東北山依然送歸軒他山已不
見此可著意看

上田侍制詩

日落長空道大野渺荒荒吁嗟秦皇帝安得不富强山大地脉厚小民十尺長耕田破萬頃一稔粟柱梁少年事游俠皆可荷弩槍勇力不自騎頗能啖乾糧天意此有謂故使連西羌古人遭邊患累累鬬兩剛方今正似此猛士强如狼跨馬負弓矢走不擇澗岡脫甲森不顧袒裼搏敵場嗟彼誰治此蹶蹶不敢當當之負重責無

成不朝王田侯本儒生武略今洸洸右手握麈
尾指麾據胡牀郡國遠浩浩邊鄙有積倉秦境
古何在秦人多戰傷此事久不報此時將何償
得此報天子爲侯歌之章
途次長安上都漕傅諫議
丈夫正多念老大自不安居家不能樂忽忽思
中原慨然棄鄉廬劫劫道路間窮山多虎狠行
路非不難昔者倦奔走閉門事耕田蠶穀聊自

遼寧省圖書館藏
陶湘舊藏閔凌刻本集成

給如此已十年緬懷當今人草草無復閑堅臥
固不起芒背實在肩布衣與食肉幸可交口言
默默不以告未可遽罪愆驅車入京洛藩鎮皆
達官長安逢富侯願得說肺肝貧賤吾老矣不
復苦自歎富貴不足愛浮雲過長天中懷邈有
念惝怳難自論世俗不見信排斥僅得存昨者
東入秦大麥黃滿田秦民可無饑為君喜不眠
禁軍幾千萬仰此填其咽西蕃久不反老賊非

常然士飽可以戰吾寧爲之先傅侯君在西天子憂東藩烽火尚未滅何策安西邊傅侯君謂何明日將東轅

答陳公美

少壯事已遠舊交良可懷百年能幾何十載不得偕念昔居鄉里游處了無猜飲食不相捨談笑久所陪拜君以爲兄分客誰能開齒髪俱未老未至衰與頹我子在襁褓君猶無嬰孩君後

遼寧省圖書館藏陶湘舊藏閔凌刻本集成

獨捨去爲吏天一涯我又厭奔走遠引不復來
歲月杳難恃區區老吾儕況從與君別多事歲
若排心力不能救衰病侵骨骸二子皆已冠如
吾苦無才君亦已有嗣骨目秀且佳人事知幾
變會合終不諧昨者本不出豪傑苦自咍鬱鬱
自不樂誰爲子悲哀翻然感其說東走陵巔崖
不意君在此得奉笑與詼君顏蔚如故大噱飛
塵灰我老應可怪白髮生兩顋新句辱先贈古

詩許見推賢俊非獨步故舊每所乖作詩報嘉
貺亦聊以相催

又答陳公美三首

仲尼魯司寇官職亦已優從祭肉不及戴冕奔
諸侯當時不之知爲肉誠可羞君子意有在衆
人但忽尤置之待後世皎皎無足憂

仲尼爲羣婢一走十四年荀卿老不出五十干
諸田顱彼二夫子豈其陷狂顛出處固無定不

遼寧省圖書館藏
陶湘舊藏閔凌刻本集成

失稱聖賢彼亦誠自信誰能邮多言
公孫昔放逐牧羊滄海濱勉强聽鄉里垂老西
游秦自固未爲壯徒爲久辛勤君子豈必隱孔
孟皆旅人

送李才元學士知邛州

貧賤羞妻子富貴樂鄉關不見李夫子得意今
西還白馬渡滻水紅旗照蜀山歸來未解帶故
舊已滿門平生浪游處何者哀王孫壯士勿齷

歐千金報一飧

送陸權叔提舉茶稅

君家本江湖南行卽鄰里稅茶雖冗繁漸喜官
資美嗟君本篤學寤寐好文字往年在巴蜀憶
見春秋始名家亂如髮棼錯費尋理今來本五
歲新傳滿盈几又言欲治易雜說書萬紙君心
不可測日夜湧如水何年重相逢秖益使余畏
但恐茶事多亂子易中意茶易兩無妨知君足

遼寧省圖書館藏陶湘舊藏閔凌刻本集成

才思

送王吏部知徐州

東徐三齊之南鄰夫子豈是三齊人辭囂乞靜得此守走兎入藪魚投津徐州絕勝不須問請問項籍何去秦江山雄豪不相下衣錦遊戲欲及晨霸王事業今已矣但有太守朱兩輪還鄉據勢與古並豈有漢戟窺城闉論安較利乃公勝行矣正及汴水勻

藤樽

枯藤生幽谷處處縮似無材不意猶爲累刳中作
酒杯君知我好異贈我酌村醪衰意方多感爲
君當數開藤樽結如螺村酒綠如水開樽自獻
酬竟日成野醉青莎可爲席白石可爲機何當
酌清泉永以思君子

送任師中任清江

吾喜尚喜事羨君方少年有如伏櫪馬看彼始

及鞍奔騰過吾目蕭條正思邊誰知脫吾羈傲
睨登太山君今始得縣翱翔大江干大江多風
波淜然天欲翻浩蕩吞九野開闔壯士肝人生
患不出局束守一塵未嘗見大物不識天地寬
今君吾鄉秀固已見西川去年作邊吏出入烽
火間儒冠雜武弁屢與氊裘言又當適南土大
浪泛之目前胸中芥蔕心吹盡爲平田陳湯喜形
勝所至常縱觀吾想君至彼胸膽皆豁然

送吳待制中復知潭州二首

十年嘗作犍爲令四脉嘗聞愍俗詩共歎才高堪御史果能忠諫致戎麾會稽特欲榮公子馮翊猶將試望之船繫河隄無幾日南公應已怪來遲

臺省留身凡幾歲江湖得郡喜今行臥聽曉鼓朝眠穩行入淮流鄉味生細雨滿村蓴菜長高風吹旆綵船獰到家應有壺觴勞倚賴比鄰不

畏卿

從叔母楊氏輓詞

老人凋喪悲宗黨，寒月凄涼葬舊林。白髮已知鄰里暮，傷懷難盡子孫心。幾年賵命涵幽壤，當有銘文記德音。千里緘詞託哀恨，嗚嗚引者涕

八韻和縉叔遊仲容西園

久懷舊隱偶來芳圃似還家。番番翠蔓

上粲粲朱梅入竹花客慢空勞巖置兕酒
早成虵相公猶有遺書在欲問郎君借
栽松成徑百餘尺隔徑開堂似兩家猷事共邀
緜日飲渴春先賞未開花客來亭樹鳴寒鵲酒
入肌膚憶冷虵衰病不勝杯酌困醉歸傾倒欲
乘車
香

遼寧省圖書館藏
陶湘舊藏閔凌刻本集成

搗麝篩檀入範模潤分薇露合雞蘇一絲吐出青烟細半炷燒成玉筯粗道士每占經次第佳人惟驗纈工夫軒窗几席隨宜用不待高擎鵲尾爐

遼寧省圖書館藏
陶湘舊藏閔凌刻本集成

蘇文嗜六卷（卷一—卷二）

（宋）蘇洵 撰
（明）茅坤 集評

明凌雲刻三色套印本

原書高二十九點五釐米，寬十九釐米；

板框高二十點四釐米，寬十四點八釐米。

蘇文嗜敘

友人日厭藜藿而忘其
聞嗅雞臛則嗜而甘之
人日厭粱肉而薦野蔌予
園葵多之嗜而甘之嗜不

同而所以情一也蓋氏之
言曰理義之悅我心猶芻
豢之悅我口文猶吾情也
乎哉合天下所同情者眉
山氏之文眉山一峯石而

生蘇氏父子學術爲之
於戲坤靈彙氣獨孕於
眉山去今眉山氏之文明
允如千尋峭壁巖之巔
雲子瞻如萬斛源泉滔

滄江海子由亦遡源松雪
搜奇於山者水窟之變之
讀之者一以為影響難蹤一
以為野花園草各以其
資性所近要使究竟無不

得所欲為圖書今之大快
之結習象牘句摘而字
比之以一人手眼訂之矣
離合而取之而去之然人
有不笑索古事覓不得

文也老神明之所達也三
矣之文不必同而神明無
不同讀三賢之文古人不
必同而神明之印合無不
同故見余之所嗜非古人

遼寧省圖書館藏
陶湘舊藏閔凌刻本集成

之所嗜乎？孟氏又曰：天下之口相似也。吾知吾嗜而已。選成，遂以嗜名其編，以問世之先得吾心者。

嘉靖丙辰秋七月望日

武進唐順之應德甫撰

批點嘉祐集粹序

予批點老泉嘉祐集粹竟或曰蘇文縱橫家言嘗議之矣子習之爲何曰吾以便舉業之習振時文之陋爾且東粵先師之命不可屢違恆其他予取其文而不師其

李序一

行固考亭氏欲註莊子意也乎異
時有淂載法經傳斯亦之竊有志
焉而未逮也或人唯而退曰藏諸
巾笥時一展玩之豎寧南召以不
多士或請曰六經無文法言其無
文而無法也文果有法乎哉曰羿

遼寧省圖書館藏
陶湘舊藏閔凌刻本集成

之射大匠之規矩，曲藝尚必遵法，文何獨無法耶？但世之爲文泥乎法者，模擬太甚，失其本真，故儒者矯枉過正，有不必乎法之論耳。迺若遵乎法而不拘於法，此則孟氏所謂不能使人巧，存乎能者從之耳。

李序二

乎又何言哉或曰果若公言誠不可以莫之傳也曰序而梓之以公諸多士

隆慶六年正月吉日李懇再書于南呂縣環山亭

遼寧省圖書館藏
陶湘舊藏閔凌刻本集成

始余從友人高頭得唐荆川先生蘇文嗜抄本覺三蘇精神煒煒生動眞足膾炙一時甚于老泉氏評選尤詳方謀以次梓行以諸同好念老泉素爲文人所宗至有謂孟荀之間史漢之上者即其自評文亦有孟韓之温醇遷固之雄剛投之所向無不如意之語使第以選行令人罕覩全豹余竊憾之因爲合諸名家評行其全集是爲康

申夏五如近又淂李恒高評本頗多發明又念全集雖稱大觀猶非提要鈎玄之旨且惧蘇嗜之選及失其真因復仍唐本行之而綴李以黛為博為約随人以意簡擇而余無心焉祈不失作者評者之精神而已

吴興凌雲宣之甫識

遼寧省圖書館藏
陶湘舊藏閔凌刻本集成

蘇老泉本傳

蘇洵字明允眉州人年二十七始發憤爲學歲餘舉進士又舉茂才異等皆不中退而歎曰此不足爲吾學也悉取所爲文數百篇焚之益閉戶讀書絕筆不爲文辭者五六年久之慨然曰可矣由是下筆頃刻數千言嘉祐閒與其二子軾轍皆至京師翰林學士歐陽修見其所著書二十二篇稱之曰荀卿子之文也宰相韓琦奏

於朝召試舍人院辭疾不至遂除校書郎會太常修纂建隆以來禮書乃以爲霸州文安縣主簿與陳州項城令姚闢同修禮書爲太常因革禮一百卷書成方奏未報卒賜其家縑銀二百子軾辭所賜求贈官特贈光祿寺丞有文集二十卷謚法三卷曾鞏曰洵盖少或百字多或千言其指事析理引物托喻侈能盡之約遠能見之近大能使之微小能使之著煩能不亂肆能

遼寧省圖書館藏
陶湘舊藏閔凌刻本集成

不流其雄壯俊偉若決江河而下也其輝光明
白若引星辰而上也

遼寧省圖書館藏
陶湘舊藏閔凌刻本集成

蘇文嗜目

卷一

卷二

遼寧省圖書館藏
陶湘舊藏閔凌刻本集成

蘇文嘗

卷四

重遠

廣士

養才

申法

議法

兵制

田制

遼寧省圖書館藏
陶湘舊藏閔凌刻本集成

六經論

易

禮

樂

詩

書

春秋

卷五

蘇文嗜　目三

襍論

遼寧省圖書館藏
陶湘舊藏閔凌刻本集成

卷六

襍文

遼寧省圖書館藏
陶湘舊藏閔凌刻本集成

遼寧省圖書館藏
陶湘舊藏閔凌刻本集成

茅坤曰宋忠厚立國其失也弱故蘇氏父子往往注議于此以矯當世看他四護轉換救首救尾之妙

蘇文嗜卷一

幾策

焦竑曰易言幾者吉之先見者也何不兼言凶見幾而作凶亦吉倚老泉幾策所以作也

審勢

立一句大意起

治天下者定所尚所尚一定至於千萬年而不變使民之耳目純于一而子孫有所守易以爲治故三代聖人其後世遠者至七八百年夫豈惟其民之不忘其功以至于是蓋其子孫得其祖宗之法而爲依據可以永久夏之尚忠商之

唐順之曰老泉自負才如賈誼故監議每援據賈誼

焦竑曰賴小變一轉不然幾于

尚質周之尚文視天下之所宜尚而固執之以此而始以此而終不朝文而暮質以自潰亂故聖人者出必先定一代之所尚周之世蓋有周公爲之制禮而天下遂尚文後世有賈誼者說漢文帝亦欲先定制度而其說不果用今者天下幸方治安子孫萬世帝王之計不可不預定于此時然萬世帝王之計常先定所尚使其子孫可以安坐而守其舊至於政弊然後變其小

遼寧省圖書館藏
陶湘舊藏閔凌刻本集成

膠柱刻舟

熊紘曰權從審勢乘權亦是經

強弱惠威是一篇字目

節而其大體卒不可革易故享世長遠而民不苟簡今也考之于朝野之間以觀國家之所尚者而愚猶有惑也何則天下之勢有彊弱聖人審其勢而應之以權勢彊矣彊甚而不已則折勢弱矣弱甚而不已則屈聖人權之而使其甚不至於折與屈者威與惠也夫彊甚者威竭而不振弱甚者惠褻而下不以爲德故處弱者利用威而處彊者利用惠乘彊之威以行惠則惠

句蘊藉

茅坤曰強弱二字八轉雙關而文不可羈制

威與惠者二句之法應上而倒用過學孟子王亦曰仁義而已等句法

精華

尊乘弱之惠以養威則威發而天下震慄故威與惠者所以裁節天下彊弱之勢也然而不知彊弱之勢者有殺人之威而下不懼有生人之惠而下不喜何者威竭而惠褻故也故有天下者必先審知天下之勢而後可與言用威惠不先審知其勢而徒曰我能用威我能用惠者末也故有彊而益之以威弱而益之以惠以至於折與屈者是可悼也譬之人身將欲飲藥餌石

遼寧省圖書館藏陶湘舊藏閔凌刻本集成

焦竑曰如子產戒水濡所以救一世也孔子正謂遺愛

以養其生必先審觀其性之爲陰其性之爲陽而投之以藥石藥石之陽而投之以陰藥石之陰而投之以陽故陰不至於涸而陽不至於亢苟不能先審觀已之爲陰與已之爲陽而以陰攻陰以陽攻陽則陰者固死於陰而陽者固死於陽不可救也是以善養身者先審其陰陽而善制天下者先審其彊弱以爲之謀昔者周有天下諸侯大盛當其盛時大者已有地五百里

茅坤曰周秦二論極快

識弱政弱勢強政強勢八字於此立後案

而畿內反不過千里其勢爲弱秦有天下散爲郡縣聚爲京師守令無大權柄伸縮進退無不在我其勢爲彊然方其成康在上諸侯無小大莫不臣伏弱之勢未見於外及其後世失德而諸侯禽奔獸遯各固其國以相侵攘而其上之人卒不悟區區守姑息之道而望其能以制服彊國是謂以弱政濟弱勢故周之天下卒斃於弱秦自孝公其勢固已駸駸爲日趨於彊大及

遼寧省圖書館藏
陶湘舊藏閔凌刻本集成

舉周秦說宋弊凡三段有間架有筆力

焦竑曰周曰不知權秦曰不知本老蘇意中原以惠為本威以救敝耳作者苦心斟酌處

唐順之曰欲言宋弱先言宋強此議却妙

其子孫已并天下而亦不悟專任法制以斬撻平民是謂以彊政濟彊勢故秦之天下卒斃於彊周拘於惠而不知權秦勇於威而不知本二者皆不審天下之勢也吾宋制治有縣令有郡守有轉運使以大系小絲牽繩聯總合於上雖其地在萬里外方數千里擁兵百萬而天子一呼于殿陛間三尺豎子馳傳捧詔召而歸之京師則解印趨走惟恐不及如此之勢秦之所恃

茅坤曰只說箇影

此等大議論最宜潛玩有宋一代治体病如指掌使其說行何至梯山航海乎

焦竑曰老泉識此等弱幾故推書衡書正對病

以彊之勢也勢彊矣然天下之病常病於弱噫有可彊之勢如秦而反陷於弱者何也習於惠而怯於威也惠太甚而威不勝也夫其所以習於惠而惠太甚者賞數而加於無功也怯於威而威不勝者刑弛而兵不振也由賞與刑與兵之不得其道是以有弱之實著于外焉何謂弱之實曰官吏曠惰職廢不舉而敗官之罰不加嚴也多贖數赦不問有罪而典刑之禁不能行

發棄與七術篇論威取及刑棄厌重輕罪者不同

茅坤曰轉疑正在政不在勢一句

也冗兵驕狂負力幸賞而維持姑息之恩不敢節也將帥覆軍匹馬不返而敗軍之責不加重也羌胡彊盛凌壓中國而邀金繒增幣帛之恥不爲怒也若此類者太弱之實也久而不治則又將有大於此而遂浸微浸消釋然而潰以至於不可救止者乘之矣然愚以爲弱在於政不在於勢是謂以弱政敗彊勢今夫一輿薪之火衆人之所憚而不敢犯者也舉而投之河則何

入喻方醒入

茅坤曰本旨在此

埶之能爲是以負彊秦之勢而溺於弱周之弊
而天下不知其彊焉者以此也雖然政之弱非
若勢弱之難治也借如弱周之勢必變易其諸
侯而後彊可能也天下之諸侯固未易變易此
又非一日之故也若夫弱政則用威而已矣可
以朝改而夕定也夫齊古之彊國也而威王又
齊之賢王也當其即位委政不治諸侯並侵而
人不知其國之爲彊國也一旦發怒裂萬家封

茅坤曰疾風驟雨所謂不測之刑賞

本只威勢強此言人能用威之資便有強之勢

坤曰揔不出韓稾曰

即墨大夫召烹阿大夫與常譽阿大夫者而發兵擊趙魏趙魏盡走請和而齊國人人震懼不敢飾非者彼誠知其政之弱而能用其威以濟其弱也況今以天子之尊藉郡縣之勢言脫於口而四方響應其所以用威之資固已完具且有天下者患不爲焉有爲而不可者今誠能一畱意于用威一賞罰一號令一舉動無不一切出於威嚴用刑法而不赦有罪力行果斷而不

焦竑曰威與刑須辨如秋荼如凝脂如猛虎如蒼鷹刑而非威也

茅坤曰從彊政說歸強勢

羣衆人之是非用不測之刑用不測之賞而使天下之人視之如風雨雷電遽然而至截然而下不知其所從發而不可逃遁朝廷如此然後平民益務檢慎而奸民猾吏亦常恐恐然懼刑法之及其身而斂其手足不敢輒犯法此之謂彊政政彊矣爲之數年而天下之勢可以復彊愚故曰乘弱之惠以養威則威發而天下震慄然則以當今之勢求所謂萬世爲帝王而其大

遼寧省圖書館藏
陶湘舊藏閔凌刻本集成

體卒不可葦易者其尚威而已矣或曰當今之
勢事誠無便於尚威者然孰知夫萬世之間其
政之不變而必曰威耶愚應之曰威者君之所
恃以爲君也一日而無威是無君也久而政弊
變其小節而參之以惠使不至若秦之甚可也
舉而棄之過矣或者又曰王者任德不任刑任
刑霸者之事非所宜言此又非所謂知理者也
夫湯武皆王也桓文皆霸也武王乘紂之暴出

錢穀曰王不純任德伯不純任刑擘空議論亦是真實議論

民於炮烙斬刖之地苟又遂多殺人多刑人以爲治則民之心去矣故其治一出於禮義彼湯則不然桀之惡固無以異紂然其刑不若紂暴之甚也而天下之民化其風淫慆不事法度書曰有衆率怠弗協而又諸侯昆吾氏首爲亂於是誅鋤其彊梗怠惰不法之人以定紛亂故記曰商人先罰而後賞至於桓文之事則又非皆任刑也桓公用管仲管仲之書好言刑故桓公

遼寧省圖書館藏
陶湘舊藏閔凌刻本集成

焦竑曰春秋亦記賈霸不發蔽老泉非好刑也

唐順之曰一步緊一步

之治常任刑文公長者其佐狐趙先魏皆不說以刑法其治亦未嘗以刑爲本而號亦爲霸而謂湯非王而文非霸也得乎故用刑不必霸而用德不必王各觀其勢之何所宜用而已然則今之勢何爲不可用刑用刑何爲不曰王道彼不先審天下之勢而欲應天下之務難矣

遼寧省圖書館藏
陶湘舊藏閔凌刻本集成

茅坤曰揣料匈奴脅制中國之狀極盡事情蘇氏父子論虜大畧祖此

○○審敵

中國內也四夷外也憂在內者本也憂在外者末也夫天下無內憂必有外懼本旣固矣盍釋其末以息肩乎曰末也古者夷狄憂在外今者夷狄憂在內釋其末可也而愚不識方今夷狄之憂爲末也古者夷狄之勢大弱則臣小弱則遁大盛則侵小盛則掠吾兵良而食足將賢而士勇則患不在中原如是而曰外憂可也今之

不說壞天子得論時事之体

蠻夷姑無望其臣與遁求其志止於侵掠而不可得也北胡驕恣爲日久矣歲邀金繒以數十萬計曩者幸吾有西羌之變出不遜語以撼中國天子不忍使邊民重困於鋒鏑是以虜日益驕而賄日益增迨今凡數十百萬而猶慊然未滿其欲視中國如外府然則其勢又何止數十百萬也夫賄益多則賦歛不得不重賦歛重則民不得不殘故雖名爲息民而其實愛其死而

一篇

爲此而發

新法之起此已道破

遼寧省圖書館藏
陶湘舊藏閔凌刻本集成

唐順之曰大爲宋朝增氣

殘其生也名爲外憂而其實憂在內也外憂之不去聖人猶且恥之內憂而不爲之計愚不知天下之所以久安而無變也古者匈奴之彊不過冐頓當暴秦刻剝劉項戰奪之後中國溘然矣以今度之彼宜遂踐入中原如決大河潰蟻壤然卒不能越其疆以有吾尺寸之地何則中原之疆固旹百倍於匈奴雖積衰新造而猶足以制之也五代之際中原無君晋塘苟一時之

焦竑曰景德時敗且滑賂況懲而勝乎當時寇公不欲賂以貨財且欲要其稱臣獻幽薊地使欵計獲伸不惟無慶曆之悔亦無靖康之禍矣

利以子行事匈奴割幽燕之地以資其彊大儒子繼立大臣外叛匈奴掃境來寇兵不血刃而京師不守天下被其禍匈奴自是始有輕中原之心以爲可得而取矣及吾宋景德中大舉來寇章聖皇帝一戰而却之遂與之盟以和夫人之情勝則狃狃則敗敗則懲懲則勝匈奴狃石晉之勝而有景德之敗懲景德之敗而愚未知其所勝甚可懼也雖然數十年之間能以無大

許絹二十万疋銀十万兩誤矣總挈此

茅坤曰灼見

變者何也匈奴之謀必曰我百戰而勝人人雖屈而我亦勞馳一介入中國以形凌之以勢邀之歲得金錢數十百萬如此數十歲我益數百千萬而中國損數百千萬吾日以富中國日以貧然後足以有爲也天生北狄謂之犬戎投骨於地狺然而爭者犬之常也今則不然邊境之上豈無可乘之釁使之來寇大足以奪一郡小亦足以殺掠數千人而彼不以動其心者此其

志非小也將以蓄其銳而伺吾隙以伸其所大欲故不忍以小利而敗其遠謀古人有言曰爲虺弗摧爲蛇奈何匈奴之勢日長炎炎今也柔而養之以冀其卒無大變其亦惑矣且今中國之所以竭生民之力以奉其所欲而猶恐恐焉懼一物之不稱其意者非謂中國之力不足以支其怒耶然以愚度之當今中國雖萬無有如石晉可乘之勢者匈奴之力雖足以犯邊然今

遼寧省圖書館藏
陶湘舊藏閔凌刻本集成

錢穀曰既說志不止犯邊又說心恐失賂見賂則予其所恐失而轉侈其不止犯邊之志文情宛曲折可喜

十數年間吾可以必無犯邊之憂何也非畏吾也其志不止犯邊也其志不止犯邊而力又未足以成其所欲爲則其心惟恐吾之一旦絕其好以失吾之厚賂也然而驕傲不肯少屈者何也其意曰邀之而後固也鷙鳥將擊必匿其形（料敵）昔者冒頓（冒頓音墨特匈奴頭曼太子）欲以攻漢漢使至輒匿其壯士健馬故兵法曰辭卑者進也辭彊者退也今匈奴之君臣莫不張形勢以夸我此其志不欲戰明矣

闔閭之入楚也因唐蔡勾踐之入吳也因齊晉匈奴誠欲與吾戰耶曩者陝西有元昊之叛河朔有王則之變嶺南有智高之亂此亦可乘之勢矣然終以不動則其志之不欲戰又明矣吁彼不欲戰而我遂不與戰則彼既得其志矣兵法曰用其所欲行其所能廢其所不能於敵反是今無乃與此異乎且匈奴之力既未足以伸其所大欲而奪一郡殺掠數千人之利彼又不

唐順之曰宋朝無時非惰歸之氣以忌戰耳此不欲戰而賤真是起懦

一撼

兵情名言

姜寶曰宋國之弱原于賂歛老泉欲絶賂而脩戰倫正對病之藥與策獻歐韓諸公而當時亦未見用豈深知老泉者

茅坤曰引証漢事激發宋人

以動其心則我勿賂而已勿賂而彼以爲辭則對曰爾何功於吾歲欲吾賂吾有戰而已賂不可得也雖然天下之人必曰此愚人之計也天下孰不知賂之爲害而勿賂之爲利顧勢不可耳愚以爲不然當今夷狄之勢如漢七國之勢昔者高祖急於滅項籍故舉數千里之地以王諸將項籍死天下定而諸將之地因遂不可削當是時非劉氏而王者八國高祖懼其且爲變

主意在此

以下辨難縱横

錢穀曰大封不度已開亂源況激于提局醸于賜杖至謀削而堅冰已見矣君子所以戒履霜也

故大封吳楚齊趙同姓之國以制之旣而信越布縮皆誅死而吳楚齊趙之彊反無以制當是時諸侯王雖名爲臣而其實莫不有帝制之心膠東膠西濟南又從而和之於是擅爵人赦死罪戴黃屋刺客公行匕首交於京師罪至彰也勢至逼也然當時之人猶且偷徉容與若不足慮月不圖歲朝不計夕循循而摩之煦煦而吹之幸而無大變以及於孝景之世有謀臣曰鼂

遼寧省圖書館藏
陶湘舊藏閔凌刻本集成

焦竑曰太史公斷錯爲之不以漸似謂錯疎于謀老泉正取其

錯始議削諸侯地以損其權天下皆曰諸侯必且反錯曰固也削亦反不削亦反削之則反疾而禍小不削則反遲而禍大吾懼其不及今反也天下皆曰鼂錯愚吁七國之禍期於不免與其發於遠而禍大不若發於近而禍小以小禍易大禍雖三尺童子皆知其當然而其所以不與錯者彼皆不知其勢將有遠禍與知其勢將有遠禍而度已不及見謂可以寄之後人以苟

就客情發主情

疾而禍小愚而忠者也

說得痛快

唐順之曰高識

茅坤曰應鼂錯一段消結措

免吾身者也然則錯爲一身謀則愚而爲天下謀則智人君又安可捨天下之謀而用一身之謀哉今者匈奴之彊不減於七國而天下之人又用當時之議因循維持以至於今方且以爲無事而愚以爲天下之大計不如勿賂勿賂則變疾而禍小賂之則變遲而禍大畏其疾也不若畏其大樂其遲也不若樂其小天下之勢如坐弊船之中驟驟乎將入於深淵不及其尚淺

茅坤曰自影

按龜山先生以漢之七國亦若魯之三家處之

也舍之而求所以自生之道而於濡足爲解者是固夫覆溺之道也聖人除患於未萌然後能轉而爲福今也不幸養之以至此而近憂小患又憚而不决則是遠憂大患終不可去也赤壁之戰惟周瑜吕蒙知其勝伐吴之役惟羊祜張華以爲是然則宏遠深切之謀固不能合庸人之意此鼂錯所以爲愚也雖然錯之謀猶有遺憾何者錯知七國必反而不爲備反之計山東

有道三家且可
堕都而鼂錯何
以召乱而取禍
則無以鎮服其
心耳老泉所云
遺憾

變起而關內騷動今者匈奴之禍又不若七國之難制七國反中原半爲敵國匈奴叛中國以全制其後此又易爲謀也然則謀之奈何曰匈奴之計不過三一曰聲二曰形三曰實匈奴謂中國怯久矣以吾爲終不敢與之抗且其心常欲固前好而得厚賂以養其力今也遽絕之彼必曰戰而勝不如坐而得賂之爲利也華人怯吾可以先聲脅之彼將復賂我於是宣言於遠

遼寧省圖書館藏
陶湘舊藏閔淩刻本集成

焦竑曰葉適欲于沿邊守作家計固壯藩籬以保堂奧不可納賂請和與此論合然得與戰易破句氣更雄

唐順之曰能戰所以能勿賂然

近我將以某日圍某所以某日攻某所如此謂之聲命邊郡休士卒偃旗鼓寂然若不聞其聲聲既不能動則彼之計將出於形除道翦棘多爲疑兵以臨吾城如此謂之形深溝固壘淸野以待寂然若不見其形形又不能動則技止此矣將遂練兵秣馬以出於實實而與之戰破之易爾彼之計必先出於聲與形而後出於實者出於聲與形期我懼而以重賂請和也出於實

所以戰勝之術此篇未盡

唐順之曰潁濱非獨論以作氣為戰守之要意本此

茅坤曰假道伐滑一段應声不

不得已而與我戰以幸一時之勝也夫勇者可以施之於怯不可以施之於智今夫吽呼跳踉以氣先者世之所謂善鬬者也雖然蓄全力以待之則未始不勝彼吽呼者聲也跳踉者形也無以待之則聲與形者亦足以乘人於卒不然徒自弊其力於無用之地是以不能勝也韓許公節度宣武軍李師古忌公嚴整使來告曰吾將假道伐滑公曰爾能越吾界為盜邪有以相

遼寧省圖書館藏
陶湘舊藏閔凌刻本集成

能動除道翦棘一段應形不能動師古詐窮應戰之易破

茅坤曰豈契丹當時亦幼主耶

待無爲虛言滑帥告急公使謂曰吾在此公安無恐或告除道翦棘兵且至矣公曰兵來不除道也師古詐窮遷延以遁愚故曰彼計出於聲與形而不能動則技止此矣與之戰破之易耳方今匈奴之君有內難新立意其必易與鄰國之難覇王之資也且天與不取將受其弊賈誼曰大國之王幼弱未壯漢之所置傅相方握其事數年之後大抵皆冠血氣方剛漢之傅相以

茅坤曰此結法以客爲主冷淡有味

病而賜罷當是之時而欲爲安雖堯舜不能嗚呼是七國之勢也

結應前反覆千餘言只一句結有萬鈞力

宗室之敗卒如公所料可謂有先見之明使當時君臣九原有作聞之寧不心服

篇中論鼂錯云知七國反而不爲備反之計東坡鼂錯論蓋本於此

遼寧省圖書館藏陶湘舊藏閔凌刻本集成

茅坤曰書皆孫吳餘智余不欲刪其文故並存之然于此參以孫武十三篇兵事思過半矣

錢穀曰權以用仁濟義何干櫓之非詩書老泉說浮無獘

蘇文嗜卷二

權書

權書敘

人有言曰儒者不言兵仁義之兵無術而自勝使仁義之兵無術而自勝也則武王何用乎太公而牧野之戰四伐五伐六伐七伐乃止齊焉又何用也權書兵書也而所以用仁濟義之術也吾疾夫世之人不究本末而妄以我爲孫武

之徒也夫孫氏之言兵爲常言也而我以此書爲不得已而言之之書也故仁義不得已而後吾權書用焉然則權者爲仁義之窮而作也

遼寧省圖書館藏
陶湘舊藏閔凌刻本集成

唐順之曰自孫子講攻篇傳神來老泉自謂孫吳之簡切無不如意是也

茅坤曰此文多名言但每段自為支節蓋按古兵法與傳記而雜出者非通章起伏開合之文也

心術

為將之道當先治心泰山崩於前而色不變麋鹿興於左而目不瞬然後可以制利害可以待敵凡兵上義不義雖利勿動非一動之為害而他日將有所不可措手足也夫惟義可以怒士士以義怒可與百戰凡戰之道未戰養其財將戰養其力既戰養其氣既勝養其心謹烽燧嚴斥堠使耕者無所顧忌所以養其財豐犒而優

心字又另生一段議論出來

言七十戰則百戰可知

焦竑曰智而嚴可了篇中將道

一句總

游之所以養其力小勝益急小挫益厲所以養其氣用人不盡其所欲爲所以養其心故士常

五段各用一体法变

蓄其怒懷其欲而不盡怒不盡則有餘勇欲不盡則有餘貪故雖并天下而士不厭兵此黃帝之所以七十戰而兵不殆也不養其心一戰而勝不可用矣凡將欲智而嚴凡士欲愚智則不可測嚴則不可犯故士皆委巳而聽命夫安得不愚夫惟士愚而後可與之皆死凡兵之動知

遼寧省圖書館藏
陶湘舊藏閔凌刻本集成

焦竑曰孫子所謂行千里而不勞者

焦竑曰孫子所謂雜于利而務可信雜于害而患可解

敵之主知敵之將而後可以動於嶮鄧艾縋兵於穴中非劉禪之庸則百萬之師可以坐縛彼固有所侮而動也故古之賢將能以兵嘗敵而又以敵自嘗故去就可以決凡主將之道知理而後可以舉兵知勢而後可以加兵知節而後可以用兵知理則不屈知勢則不沮知節則不窮見小利不動見小患不避小利小患不足以辱吾技也夫然後可以支大利大患夫惟養技

穴一作蜀

任黃皓正其庸耳

茅坤曰此一段用詰論超有變化

錢穀曰孫之減竈虞之增竈趙之閉營檀之唱籌術正如此

唐順之曰末歸于有備無患

而自愛者無敵於天下故一恐可以支百勇一靜可以制百動兵有長短敵我一也敢問吾之所長吾出而用之彼將不與吾校吾之所短吾蔽而置之彼將强與吾角柰何曰吾之所短吾抗而暴之使之疑而却吾之所長吾陰而養之使之狎而墮其中此用長短之術也善用兵者使之無所顧有所恃無所顧則知死之不足惜有所恃則知不至於必敗尺箠當猛虎奮呼而

遼寧省圖書館藏
陶湘舊藏閔凌刻本集成

茅坤曰前言物後言人意全而法幻

操擊徒手遇蜥蜴變色而却步人之情也知此者可以將矣袒裼而按劍則烏獲不敢逼冠冑衣甲據兵而寢則童子彎弓殺之矣故善用兵者以形固夫能以形固則力有餘矣

遼寧省圖書館藏
陶湘舊藏閔凌刻本集成

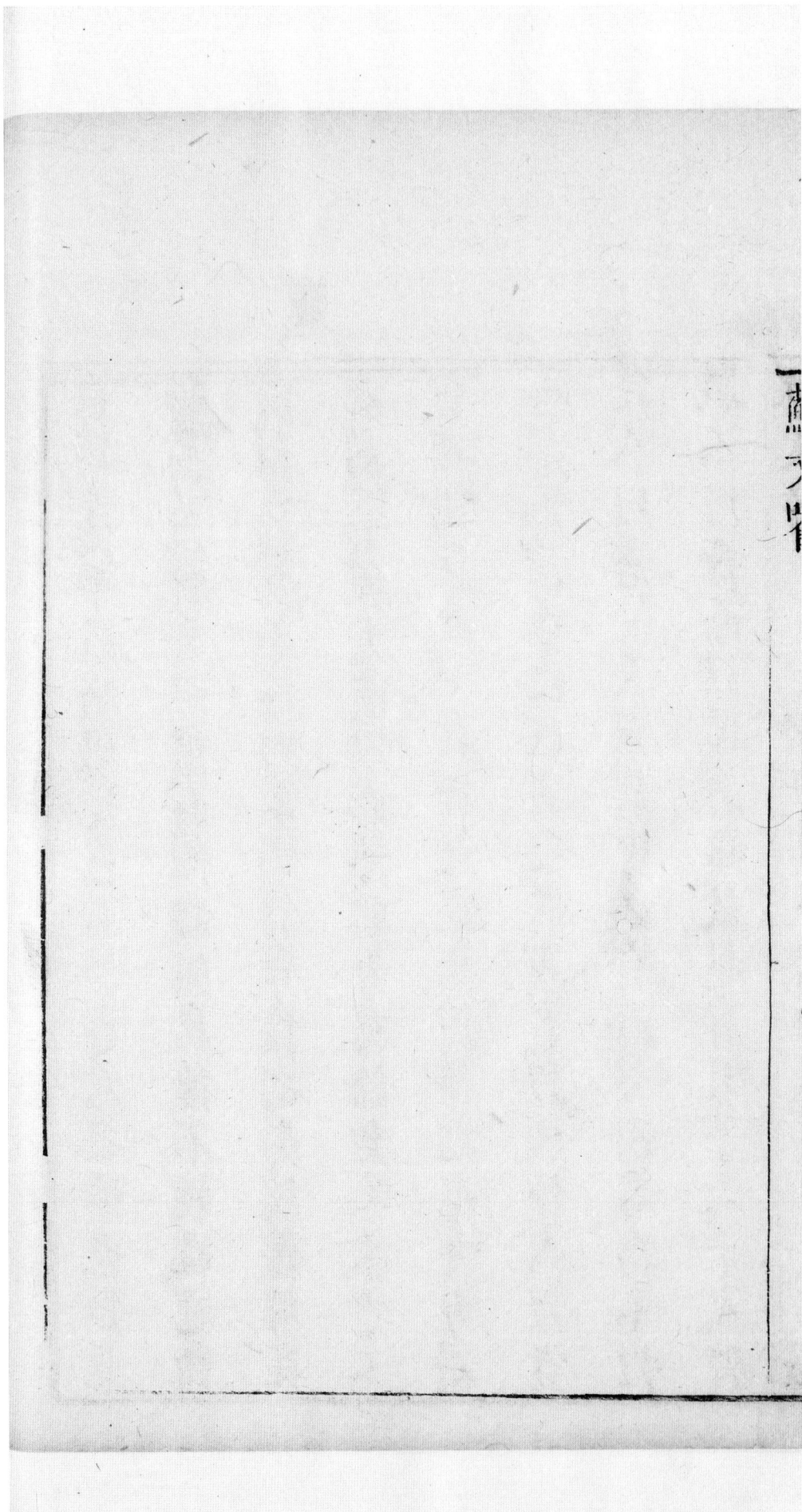

茅坤曰此書似十三篇中作戰虛實類

焦竑曰忍奪巾幗得持之之術楊儀整兵便思乘之

焦竑曰挾纊投醪多是此意然

法制

將戰必審知其將之賢愚與賢將戰則持之與愚將戰則乘之持之則容有所伺而爲之謀乘之則一舉而奪其氣雖然非愚將勿乘乘之不動其禍在我分兵而迭進所以持之也并力而一戰所以乘之也古之善軍者以刑使人以賞使人以怒使人而其中必有以義附者焉不以戰不以掠而以備急難故越有君子六千人韓

按索隱曰君子君養之如子者

兵法有曰驕子不可用此處更有權宜在

茅坤曰隨衆隨寡隨易隨險經略俱中未知老泉實試之何如耳

之戰秦之鬬士倍於晉而出穆公於淖者赦食馬者也兵或寡而易危或衆而易叛莫難於用衆莫危於用寡治衆者法欲繁繁則士難以動治寡者法欲簡簡則士易以察不然則士不任戰矣惟衆而繁雖勞不害爲强以衆入險阻必分軍而疎行夫嶮阻必有伏伏必有約軍分則伏不知所擊而其約攜矣嶮阻懼處疎行以紓士氣兵莫危於攻莫難於守客主之勢然也故

遼寧省圖書館藏
陶湘舊藏閔凌刻本集成

地有二不可守兵少不足以實城城小不足以容兵夫惟賢將能以寡爲衆以小爲大當敵之衝人莫不守我以疑兵彼愕不進雖告之日此無人彼不信也度彼所襲潛兵以備彼不我測謂我有餘夫何患兵少偃旗仆鼓寂若無氣嚴戢兵士敢譁者斬時令老弱登埤示怯乘懈突擊其衆可走夫何患城小背城而戰陣欲方欲踞欲密欲緩夫方而踞密而緩則士心固固則

焦竑曰用人者怒而撓之利而誘之強而避之亂而取之此云以自觀者用人文便多矣

不僵背城而戰欲其不僵面城而戰陣欲直欲銳欲踈欲速夫直而銳踈而速則士心危危則致死面城而戰欲其致死夫能靜而自觀者可以用人矣吾何爲則怒吾何爲則喜吾何爲則勇吾何爲則怯夫人豈異於我天下之人孰不能自觀其一身是以知此理者塗之人皆可以將平居與人言一語不循故猶且聘而忌敵以形形我恬而不怪亦已固矣是故智者視敵有

遼寧省圖書館藏
陶湘舊藏閔凌刻本集成

焦竑曰兵法佯北勿從亦是此意

無故之形必謹察之勿動疑形二可疑於心則疑而爲之謀心固得其實也可疑於目勿疑彼敵疑我也是故心疑以謀應目疑以靜應彼誠欲有所爲邪不使吾得之目矣

遼寧省圖書館藏
陶湘舊藏閔凌刻本集成

茅坤曰大略祖孫武子三駟中議論三駟者射千金之術非大將謀國之全也

小講文法學孟子

引証

強弱

知有所甚愛知有所不足愛可以用兵矣故夫善將者以其所不足愛者養其所甚愛者士之不能皆銳馬之不能皆良器械之不能皆利固也處之而已矣兵之有上中下也是兵之有三權也孫臏有言曰以君下駟與彼上駟取君上駟與彼中駟取君中駟與彼下駟此兵說也非馬說也下之不足以與其上也吾既知之矣吾

應上文拖一句以下明堅瑕二字抑揚承接

茅坤曰通篇以古事立論而經緯成文

既棄之矣中之不足以與吾上下之不足以與吾中吾不既再勝矣乎得之多於棄也吾斯從之矣彼其上之不得其中下之援也乃能獨完耶故曰兵之有上中下也是兵之有三權也三權也者以一致三者也管仲曰攻堅則瑕者堅攻瑕則堅者瑕嗚呼不從其瑕而攻之天下皆強敵也漢高帝之憂在項籍耳雖然親以其兵而與之角者蓋無幾也隨何取九江韓信取魏

遼寧省圖書館藏
陶湘舊藏閔凌刻本集成

斷盡古人心事　錢穀曰諸葛不亡漢必不亡〻　承上接下不見痕迹又推到陣上講起

取代取趙取齊然後高帝起而取項籍夫不汲汲於其憂之所在而彷徨乎其不足卹之地彼蓋所以孤項氏也秦之憂在六國蜀最僻最小最先取楚最强最後取非其憂在蜀也（不說孤楚）諸葛孔明一出其兵乃與魏氏角其亡宜也取天下取一國取一陣皆如是也范蠡曰凡陣之道益左以爲牡設右以爲牝春秋時楚伐隋季梁曰楚人上左君必左無與王遇且攻其右右無良焉

焦竑曰善用弱正善用强攻守篇所謂伏道能敵有餌兵勿食者又奈何

必敗偏敗衆乃攜蓋一陣之間必有牝牡左右要當以吾强攻其弱耳唐太宗曰吾自典兵習觀行陣形勢每戰視敵强其左吾亦强吾左弱其右吾亦弱吾右使弱常遇强强常遇弱敵犯吾弱追奔不過數十百步吾擊敵弱常突出自背反攻之以是必勝後之庸將既不能處其强弱以敗而又曰吾兵有老弱雜其間非舉軍精銳以故不能勝不知老弱之兵兵家固亦不可

遼寧省圖書館藏
陶湘舊藏閔凌刻本集成

茅坤曰結簡健

無無之是無以耗敵之强兵而全吾之銳鋒敗可俟矣故智者輕棄吾弱而使敵輕用其强忘其小喪而志於大得夫固要其終而已矣

遼寧省圖書館藏
陶湘舊藏閔淩刻本集成

茅坤曰：按古傳記論奇道伏道處，古今名言。按鄧艾伐蜀，自陰平行無人之地七百里，可曰攻所不守。周亞夫平七國，堅壁拒吳，吳奔壁東南陬，亞夫使備西北，已而吳兵果奔西北，不得入，遂亂道去，可曰守所不攻。

攻守

古之善攻者不盡兵以攻堅城善守者不盡兵以守敵衝夫盡兵以攻堅城則鈍兵費糧而緩於成功盡兵以守敵衝則兵不分而彼間行襲我無備故攻敵所不守守敵所不攻攻者有三道焉守者有三道焉三道一曰正二曰奇三曰伏坦坦之路車轂擊人肩摩出亦此入亦此我所必攻彼所必守者曰正道大兵攻其南銳兵

出其北大兵攻其東銳兵出其西者曰奇道大山峻谷中盤絕徑潛師其間不鳴金不撾鼓突出乎平川以衝敵人腹心者曰伏道故兵出於正道勝敗未可知也出於奇道十出而五勝矣出於伏道十出而十勝矣何則正道之城堅城也正道之兵精兵也奇道之城不必堅也奇道之兵不必精也伏道則無城也無兵也攻正道而不知奇道與伏道焉者其將木偶人是也守

唐順之曰純任

遼寧省圖書館藏
陶湘舊藏閔凌刻本集成

奇者亦非善將兵以正合以奇勝奇正還相生如環之無端故武侯不用子午谷之計非惡奇也以其純任奇也

正道而不知奇道與伏道焉者其將亦木偶人是也今夫盜之於人抉門斬關而入者有焉他（此段肖孟子文）戶之不扃鍵而入者有焉乘壞垣坎牆趾而入者有焉抉門斬關而主人不之察幾希矣他戶之不扃鍵而主人不之察太半矣乘壞垣坎牆趾而主人不之察皆是矣爲主人者宜無曰門（就譬上一轉波瀾）之固而他戶牆隙之不䘏焉夫正道之兵抉門之盜也奇道之兵他戶之盜也伏道之兵乘垣

此用正道在前下却繳奇道伏道在尾文法也每段皆用三故事而文法參差不齊敘事之妙截得好

焦竑曰文字緩認固難此援認凡九錯而辨宕而嚴法之家化者

之盜也所謂正道者若秦之函谷吳之長江蜀之劍閣是也昔者六國嘗攻函谷矣而秦將敗之曹操嘗攻長江矣而周瑜走之鍾會嘗攻劍閣矣而姜維拒之何則其爲之守備者素也劉濞反攻大梁田祿伯請以五萬人別循江淮收淮南長沙以與濞會武關岑彭攻公孫述自江州泝都江破侯丹兵徑拔武陽繞出延岑軍後疾以精騎赴廣都距成都不數十里李愬攻蔡

千古隻眼

遼寧省圖書館藏陶湘舊藏閔凌刻本集成

茅坤曰攻守之策具見此篇老蘇胸中有武庫
又曰欲識經濟不可不讀輿地圖

蔡悉精卒以抗李光顔而不備愬愬自文成破張柴疾馳二百里夜半到蔡黎明擒元濟此用奇道也漢武攻南越唐蒙請發夜郎兵浮船牂牁江道番禺城下以出越人不意鄧艾攻蜀自陰平由景谷攀木緣磴魚貫而進至油江而降馬邈至綿竹而斬諸葛瞻遂降劉禪田令孜守潼關關之左有谷曰禁而不之備林言尚讓入之夾攻關而關兵潰此用伏道也吾觀古之善

用兵者一陣之間尚猶有正兵奇兵伏兵三者以取勝況守一國攻一國而社稷之安危係焉者其可以不知此三道而欲使之將耶

遼寧省圖書館藏
陶湘舊藏閔凌刻本集成

唐順之曰五間之外更想出一間來奇議出孫子上

茅坤曰奇險之議

按孫子一曰鄉間如韋孝寬以金帛啗齊人而齊人遥通書疏一曰內間如越王之賂太宰嚭吳王之納伍子胥一曰反間如

用間

孫武既言五間則又有曰商之興也伊摯在夏周之興也呂牙在商故明君賢將能以上智爲間者必成大功此兵之要三軍所恃而動也按書伊尹適夏醜夏歸亳史太公嘗事紂去之歸周所謂在夏在商誠矣然以爲間何也湯文王鏗鏘近日李空同多用此文法固使人間夏商耶伊呂故與人爲間耶桀紂固待間而後可伐耶是雖甚庸亦知不然矣然則

陳平佯驚楚使而離間范增趙奢善食秦間而歸告其將一曰死間如鄭生之見烹于齊曹太尉使僧呑蠟丸入西夏而併其謀臣亦見殺一曰生間如婁敬之覘匈奴秦使之入晉軍

焦竑曰命武王與天下共亡之

吾意天下存亡寄於一人伊尹之在夏也湯必曰桀雖暴一旦用伊尹則民心復安吾何病焉及其歸亳也湯必曰桀得伊尹不能用必亡矣吾不可以安視民病遂與天下共亡之呂牙之在商也文王必曰紂雖虐一旦用呂牙則天祿必復吾何憂焉及其歸周也文王必曰紂得呂牙不能用必亡矣吾不可以久遏天命遂命武王與天下共亡之然則夏商之存亡待伊呂用

遼寧省圖書館藏
陶湘舊藏閔凌刻本集成

句太陰所謂文人之口難以理程者也

否而决今夫問將之賢者必曰能逆知敵國之勝敗問其所以知之之道必曰不愛千金故能使人爲之出萬死以間敵國或曰能因敵國之使而探其陰計嗚呼其亦勞矣伊呂一歸而夏商之國爲决亡使湯武無用間之名與用間之勞而得用間之實此非上智其誰能之夫兵雖詭道而本於正者終亦必勝今五間之用其歸於詐成則爲利敗則爲禍且與人爲詐人亦將

茅坤曰論三敗刺骨

頗合正道

茅坤曰賴有此證

又用二事徵

且詐我故能以間勝者亦或以間敗吾間不忠反爲敵用一敗也不得敵之實而得敵之所僞示者以爲信二敗也受吾財而不能得敵之陰計懼而以僞告我三敗也夫用心於正一振而群綱舉用心於詐百補而千穴敗智於此不足恃也故五間者非明君賢將之所上明君賢將之所上者上智之間也是以淮陰曲逆義不事楚而高祖擒籍之計定左車周叔不用於趙魏

遼寧省圖書館藏
陶湘舊藏閔凌刻本集成

而淮陰進兵之謀決嗚呼是亦間也

遼寧省圖書館藏
陶湘舊藏閔凌刻本集成

茅坤曰通篇按武成敗事以責之而文多煙波生色處

一句承截住

入事先揚後抑

孫武

求之而不窮者天下奇才也天下之士與之言兵而曰我不能者幾人求之於言而不窮者幾人言不窮矣求之於用而不窮者幾人嗚呼至於用而不窮者吾未之見也孫武十三篇兵家舉以爲師然以吾評之其言兵之雄乎今其書論奇權密機出入神鬼自古以兵著書者罕所及以是而揣其爲人必謂有應敵無窮之才不

按東坡論孫武亦曰智有餘而未知其所以用智

知武用兵乃不能必克與書所言遠甚吳王闔廬之入郢也武爲將軍及秦楚交敗其兵越王入踐其國外禍內患一旦迭發吳王奔走自救不暇武殊無一謀以弭斯亂若按武之書以責武之失凡有三焉九地曰威加於敵則交不得合而武使秦得聽包胥之言出兵救楚無忌吳之心斯不威之甚其失一也作戰曰久暴師則鈍兵挫銳屈力殫貨則諸侯乘其弊而起且武

遼寧省圖書館藏陶湘舊藏閔凌刻本集成

茅坤曰當考越之入吳武猶生而將兵否

又引二事與前文法不同

總

又繳上斷他

以九年冬伐楚至十年秋始還可謂久暴矣越人能無乘間入國乎其失二也又曰殺敵者怒也今武縱子胥伯嚭鞭平王尸復一夫之私忿以激怒敵此司馬戌子西子期所以必死讐吳也勾踐不頹舊塚而吳服田單譎燕掘墓而齊奮知謀與武遠矣武不達此其失三也然始吳能以入郢乃因胥嚭唐蔡之怒及乘楚瓦之不仁武之功蓋亦鮮矣夫以武自爲書尚不能自

焦竑曰太史公孫吳贊有曰能行之者未必能言能言之者未必能行則二子若無上下

用以取敗北況區區祖其故智餘論者而能將乎且吳起與武一體之人也皆著書言兵世稱之曰孫吳然而吳起之言兵也輕法制草略無所統紀不若武之書詞約而意盡天下之兵說皆歸其中然吳起始用於魯破齊及入魏又能制秦兵入楚楚復霸而武之所爲反如是書之不足信也固矣今夫外御一隸內治一妾是賤丈夫亦能夫豈必有人而教之及夫御三軍之

遼寧省圖書館藏
陶湘舊藏閔凌刻本集成

茅坤曰數轉番覆烟波可愛

將不窮字改作有餘字

焦竑曰老泉論治衆如治寡更出孫子分數之外

衆闔營而自固或且有亂然則是三軍之衆惑之也故善將者視三軍之衆與視一隸一妾無加焉故其心常若有餘夫以一人之心當三軍之衆而其中恢恢然猶有餘地此韓信之所以多多而益辦也故夫用兵豈有異術哉能勿視其衆而已矣

遼寧省圖書館藏
陶湘舊藏閔凌刻本集成

茅坤曰亂齊滅吳存魯戰國傾危之習決非子貢事而老泉此論却之以補子貢之所不及

又曰蘇氏父子之学出于戰國縱橫者多故此策大畧窃陳軫蘇秦之餘而爲计甚工

子貢

君子之道智信難（一句起）信者所以正其智也而智常至於不正智者所以通其信也而信常至於不通（四句分以見其難）是故君子慎之也世之儒者曰徒智可以成也（暗說子貢）人見乎徒智之可以成也則舉而棄乎信吾則曰徒智可以成也而不可以繼也（只用前語轉換而文采燦然）子貢之以亂齊滅吳存魯也吾悲之彼子貢者遊說之士苟以邀一時之功而不以可繼爲事故不見其

按家語有亂齊滅吳之事孔子曰存魯吾之初願强晉以敝吳使吳亡而越伯者賜之說也矣

禍使夫王公大人而討出於此則吾未見其不旋踵而敗也吾聞之王者之兵討萬世而動霸者之兵計子孫而舉彊國之兵計終身而發求可繼也子貢之兵是明日不可用也故子貢之出也吾以爲魯可存也而齊可無亂吳可無滅何也田常之將篡也憚高國鮑晏故使移兵伐魯爲賜計者莫若抵高國鮑晏弔之彼必愕而問焉則對曰田常遣子之兵伐魯吾竊哀子之

下代子貢處置議論甚高文法學戰國策

遼寧省圖書館藏
陶湘舊藏閔凌刻本集成

言傷信慎言哉左傳越滅吳在哀公二十二年是時孔子卒已七年則非孔子所及言矣而子貢使齊之事無不經見惟韓非子曰齊將攻魯魯使子貢說齊不聽而卒加兵于魯初無説吳越事

錢穀曰老泉之計智不妨信

將亡也彼必詰其故則對曰齊之有田氏猶人之養虎也子之於齊猶肘股之於身也田氏之欲肉齊久矣然未敢逞志者懼肘股之捍也今子出伐魯肘股去矣田氏孰懼哉吾見身將磔裂而肘股隨之所以弔也彼必懼而咨計於我因教之曰子悉甲趨魯壓境而止吾請爲子潛約魯矦以待田氏之變帥其兵從子入討之爲齊人討之彼懼田氏之禍其勢不得不聽歸以

有斷制

証本色通篇肯意亦是先得此數句来

茅坤曰引証切事情

約魯侯魯侯懼齊伐其勢亦不得不聽因使練兵蒐乘以俟齊釁誅亂臣而定新主齊必德魯數世之利也吾觀仲尼以爲齊人不與田常者半故請哀公討之今誠以魯之衆從高國鮑晏之師加齊之半可以轘田常於都市其勢甚便其成功甚大惜乎賜之不出於此也齊哀王舉兵誅呂氏呂氏以灌嬰爲將拒之至滎陽嬰使使諭齊及諸侯連和以待呂氏變共誅之今田

又曰一句中主客相形作结筆力奇隽

氏之勢何以異此有魯以爲齊有高國鮑晏以爲灌嬰惜乎賜之不出於此也

遼寧省圖書館藏
陶湘舊藏閔凌刻本集成

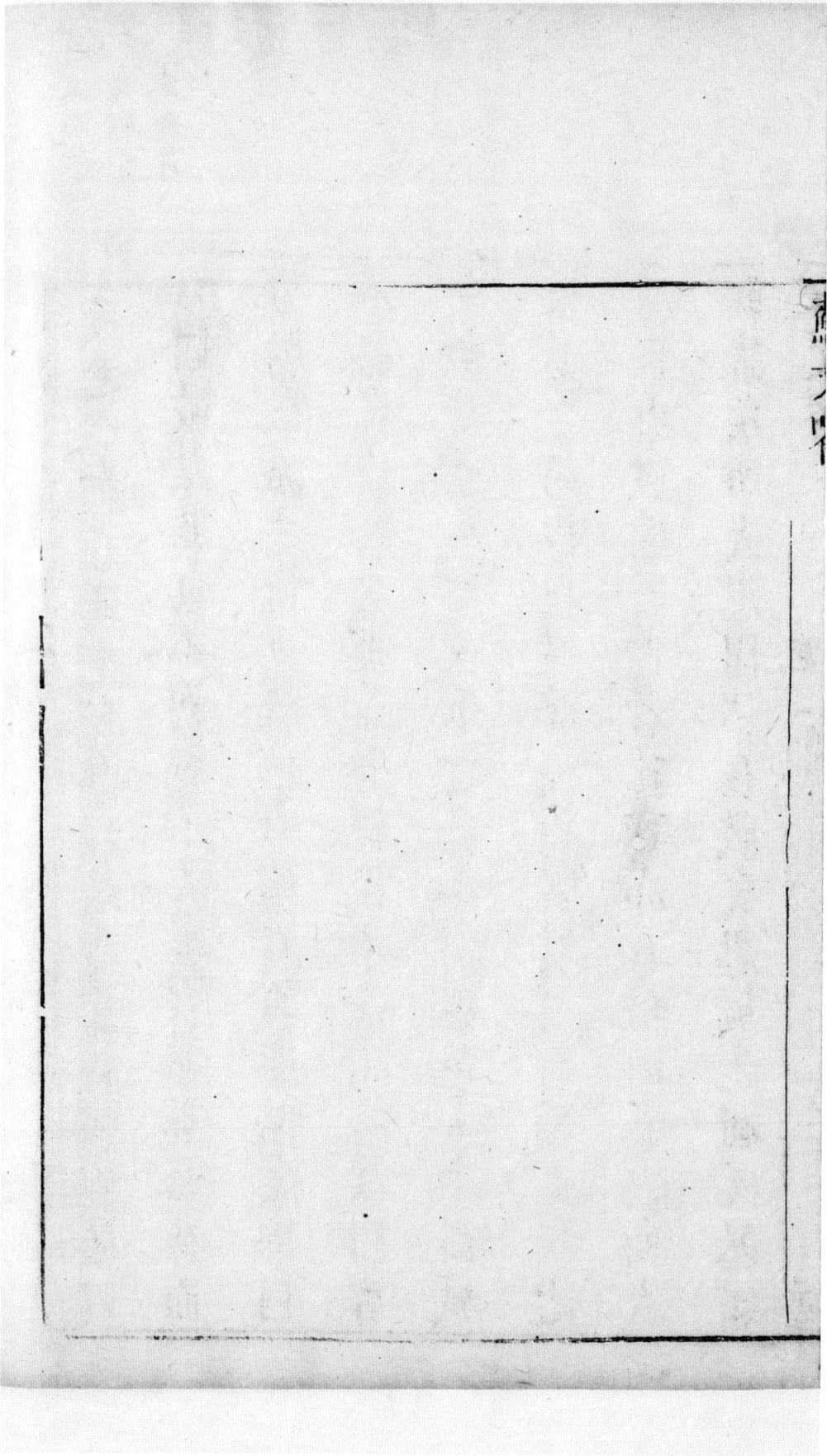

唐順之曰立論在賂秦滅國寓意在宋賂契丹事真深謀遠慮

茅坤曰議從戰國縱人來文亦與戰國策相伯仲

當與審敵論並看

三句總上斷六欲大患從孟子

六國

六國破滅非兵不利戰不善弊在賂秦賂秦而力虧破滅之道也或曰六國互喪率賂秦耶曰不賂者以賂者喪蓋失彊援不能獨完故曰弊在賂秦也秦以攻取之外小則獲邑大則得城較秦之所得與戰勝而得者其實百倍諸侯之所亡與戰敗而亡者其實亦百倍則秦之所大欲諸侯所大患固不在戰矣思厥先祖父暴霜

一轉伏弊古案

来

焦竑曰韓魏塞秦之衝蔽山東諸侯為諸侯計者莫如厚韓魏以擯秦秦人不敢踰韓魏以窺齊楚燕趙而齊楚燕趙因得自完故韓魏楚賂秦則齊雖恬處燕趙雖累勝究竟係之

兩段接連文勢不斷以下悉不賂者以賂者喪

露斬荊棘以有尺寸之地子孫視之不甚惜舉以與人如棄草芥今日割五城明日割十城然後得一夕安寢起視四境而秦兵又至矣然則諸侯之地有限暴秦之欲無厭奉之彌繁侵之愈急故不戰而强弱勝負已判矣至於顛覆理固宜然古人云以地事秦猶抱薪救火薪不盡火不滅此言得之齊人未嘗賂秦終繼五國遷滅何哉與嬴而不助五國也五國既喪齊亦不

焦竑曰一燕趙如此況六國一志乎

免矣燕趙之君始有遠畧能守其土義不賂秦是故燕雖小國而後亡斯用兵之效也至丹以荆卿爲計始速禍焉趙嘗五戰于秦二敗而三勝後秦擊趙者再李牧連却之洎牧以讒誅邯鄲爲郡惜其用武而不終也且燕趙處秦革滅殆盡之際可謂智力孤危戰敗而亡誠不得已向使三國各愛其地齊人勿附于秦刺客不行良將猶在則勝負之數存亡之理當與秦相較

又總六國利害而斷之曲盡事情畧無痕迹妙之

痛快

茅坤曰總入時事感慨

或未易量嗚呼以賂秦之地封天下之謀臣以事秦之心禮天下之奇才并力西嚮則吾恐秦人食之不得下咽也悲夫有如此之勢而爲秦人積威之所劫日削月割以趨於亡爲國者無使爲積威之所劫哉夫六國與秦皆諸侯其勢弱於秦而猶有可以不賂而勝之之勢苟以天下之大而從六國破亡之故事是又在六國下矣

旨在此句

遼寧省圖書館藏陶湘舊藏閔凌刻本集成

唐順之曰先抑後揚文家祕寶法

茅坤曰雖非確論行文却縱横可愛

高帝

漢高帝挾數用術以制一時之利害不如陳平揣摩天下之勢舉指擅目以刼制項羽不如張良微此二人則天下不歸漢而高帝乃木强之人而止耳然天下已定後世子孫之計陳平張良智之所不及則高帝常先爲之規畫處置以中後世之所爲曉然如目見其事而爲之者蓋高帝之智明於大而暗於小至於此而後見也

林希元曰安劉必勃之言若爲呂氏必不對呂后言其斬噲者試溺愛戚姻中諫賂詖耶

錢穀曰高帝崩太后即命呂台呂產將南北軍惠帝崩太后即欲立諸呂爲王想在高帝時必有端可見老泉

帝常語呂后曰周勃厚重少文然安劉氏必勃也可令爲太尉方是時劉氏既安矣勃又將誰安邪故吾之意曰高帝之以太尉屬勃也知有呂氏之禍也雖然其不去呂后何也勢不可也昔者武王沒成王幼而三監叛帝意百歲後將相大臣及諸侯王有武庚祿父者而無有以制之也獨計以爲家有主母而豪奴悍婢不敢與弱子抗呂后佐帝定天下爲大臣素所畏服獨

讀書有眼力

辨得悉

不甚駕空

李載贄曰此論因高祖命平勃即軍中斬樊噲事遂作一段議論是窮思極處刻苦作文處

此可以鎮壓其邪心以待嗣子之壯故不去呂后者爲惠帝計也呂后旣不可去故削其黨以損其權使雖有變而天下不搖是故以樊噲之功一旦遂欲斬之而無疑嗚呼彼豈獨於噲不仁耶且噲與帝偕起拔城陷陣功不爲少矣方亞夫嗾項莊時微噲誚讓羽則漢之爲漢未可知也一旦人有惡噲欲滅戚氏者時噲出伐燕立命平勃卽斬之夫噲之罪未形也惡之者誠

波瀾

按漢高使平勃斬噲而畏高后乃執噲詣長安則帝已崩矣故云遺其憂

僞未必也且高帝之不以一女子斬天下之功臣亦明矣彼其娶於呂氏呂氏之族若產祿輩皆庸才不足卹獨噲豪健諸將所不能制後世之患無大於此矣夫高帝之視呂后也猶醫者之視堇也使其毒可以治病而無至於殺人而已矣樊噲死則呂氏之毒將不至於殺人高帝以爲是足以死而無憂矣彼平勃者遺其憂者也噲之死於惠之六年也天也使其尚在則呂

患斬噲之由

一篇主意

文是波瀾若無

遼寧省圖書館藏
陶湘舊藏閔凌刻本集成

茅坤曰高帝死而呂后獨任陳平未必不由不斬噲一著然噲不死亦未必助祿產叛觀其詰羽鴻門與排闥而諫噲亦似有氣岸而能守正者豈可以屠狗之雄遽逆其詐哉蘇氏父子兄弟往往以事後成敗摭拾人得失類如此

祿不可給太尉不得入北軍矣或謂噲於帝最親使之尚在未必與產祿叛夫韓信黥布盧綰皆南面稱孤而綰又最爲親幸然及高祖之未崩也皆相繼以逆誅誰謂百歲之後椎埋屠狗之人見其親戚乘勢爲帝王而不欣然從之邪吾故曰彼平勃者遺其憂者也

此數句從無力洗發作掉尾

遼寧省圖書館藏
陶湘舊藏閔凌刻本集成

唐順之曰此借項藉論宋時當都関中
茅坤曰文特雄近戰國策

此段暗刺項籍

項籍

吾嘗論項籍有取天下之才而無取天下之慮曹操有取天下之慮而無取天下之量劉備有取天下之量而無取天下之才故三人者終其身無成焉且夫不有所棄不可以得天下之勢不有所恐不可以盡天下之利是故地有所不取城有所不攻勝有所不就敗有所不避其來不喜其去不怒肆天下之所爲而徐制其後乃

主客並起作勢

慮字量字爲骨

一案

代他處置甚的當項氏有作當亦心服

唐順之曰本以形勢立論又云

克有濟嗚呼項籍有百戰百勝之才而死於垓下無惑也吾觀其戰於鉅鹿也見其慮之不長量之不大未嘗不怪其死於垓下之晚也方籍之渡河沛公始整兵嚮關籍於此時若急引軍趨秦及其鋒而用之可以據咸陽制天下不知出此而區區與秦將爭一旦之命既全鉅鹿而猶徘徊河南新安閒至函谷則沛公入咸陽數月矣夫秦人既已安沛公而讐籍則其勢不得

入頭一跌

振起

有經略

本旨

遼寧省圖書館藏
陶湘舊藏閔凌刻本集成

安沛公而仇籍甚勢不得強而目又進形勢一步

陳繼儒曰項籍戰鉅鹿沛公得乘虛破關天也人與然項籍慓悍所過殘滅諸將不願與入秦

強而臣故籍雖遷沛公漢中而卒都彭城使沛公得還定三秦則天下之勢在漢不在楚楚雖百戰百勝尚何益哉故曰兆垓下之死者鉅鹿之戰也或曰雖然籍必能入秦乎曰項梁死章邯謂楚不足慮故移兵伐趙有輕楚心而良將勁兵盡於鉅鹿籍誠能以必死之士擊其輕敵寡弱之師入之易耳且亡秦之守關與沛公之守善否可知也沛公之攻關與籍之攻善否又

故楚王遣沛公則垓下之死又不在鉅鹿而在不仁

可知也以秦之守而沛公攻入之沛公之守而籍攻入之然則亡秦之守籍不能入哉或曰秦可入矣如救趙何曰虎方捕鹿羆據其穴搏其子虎安得不置鹿而返返則碎於羆明矣軍志所謂攻其必救也使籍入關王離涉間必釋趙自救籍據關逆擊其前趙與諸侯救者十餘壁躡其後覆之必矣是籍一舉解趙之圍而收功於秦也戰國時魏伐趙齊救之田忌引兵疾走

難

解

以吟爲實妙

遼寧省圖書館藏
陶湘舊藏閔凌刻本集成

義與羽同事故
論羽而并及義

焦竑曰老泉非
不知孔明之勢
與孔明之心特
主意重關中故
說欽門不足爲
耳

按張南軒曰武
侯首陳取荆州
之策先主不能
用其後爭之于
吳而不得吳止

大梁因存趙而破魏彼宋義號知兵殊不達此
屯安陽不進而曰待秦敝吾恐秦未敝而沛公
先據關矣籍與義俱失焉是故古之取天下者（掉尾）
常先圖所守諸葛孔明棄荆州而就西蜀吾知
其無能爲也且彼未嘗見大險也彼以爲劒門（借客相影附識論）
者可以不亡也吾嘗觀蜀之險其守不可出其
出不可繼兢兢而自完猶且不給而何足以制
中原哉若夫秦漢之故都沃土千里洪河大山

今數郡以與之及關羽敗并數郡亦失況都之乎且荊襄南北咽喉在三國爲必爭之地乃戎馬之場非帝王之都也

眞可以控天下又烏事夫不可以措足如劒門者而後曰險哉今夫富人必居四通五達之都

就客身作案自是灑落

使其財布出於天下然後可以收天下之利有小丈夫者得一金櫝而藏諸家拒戶而守之嗚呼是求不失也非求富也大盜至劫而取之又焉知其果不失也